西村京太郎

十津川警部捜査行
阿蘇・鹿児島殺意の車窓

実業之日本社

実業之日本社文庫

十津川警部捜査行　阿蘇・鹿児島　殺意の車窓／目次

十津川警部捜査行
阿蘇・鹿児島 殺意の車窓

阿蘇で死んだ刑事

1

白い車体の側面に、青い斜めのラインが描かれている。

第三セクター南阿蘇《みなみあそ》鉄道を走るレールバスである。一両編成で、一七・七キロの区間を、ことこと走る。

JR豊肥《ほうひ》本線の立野《たての》駅を出ると、すぐ、白川《しらかわ》にかかるアーチ橋を渡る。眼のくらむ高さで、この鉄道の最大の見せ場である。

そのあとは、阿蘇外輪山《がいりんざん》の内側を、のんびりと走るのだが、のどかな田園風景にふさわしく、三角屋根の時計塔のある駅があったり、丸太の木肌を生かした駅があったりする。

改造された駅が、いい合わせたように、可愛《かわい》らしいペンション風なのは、若い観光客を呼ぼうとしているのだろう。

四月十五日、一三時〇七分立野発のレールバスには、十二、三人の乗客が、乗っていた。

ワンマン・カーで、車掌は、乗っていない。

白川にかかる鉄橋を渡ると、最初の長陽《ちょうよう》駅に着く。

今、阿蘇のカルデラの中は、新緑の季節である。水田では、間もなく、田植えが始まるだろう。

その新緑の中を、白いレールバスが、走って行く。

加勢《かせ》、阿蘇下田《あそしもだ》、中松《なかまつ》と停車して、阿蘇白川《あそしらかわ》に着く。三角の時計塔のある駅である。駅というより、オモチャのように見える。白と青のケーキの家といった方が、適切かも知れない。

車内にいた観光客らしい若いカップルが、しきりに、写真を撮《と》っていた。

阿蘇白川を出ると、あと二駅で、終点の高森《たかもり》である。

高森からは、宮崎県の高千穂《たかちほ》に出ることが出来る。

阿蘇白川を出たのが、一三時二九分だった。

その直後、突然、車内で、爆発が、起きた。激しい爆発音と同時に、閃光《せんこう》が、車内を貫き、座席は、吹き飛び、悲鳴が、走った。

途中で、何人かが降り、車内に残っていたのは、七、八人の乗客だったが、彼等は、床に叩《たた》きつけられた。その中には、阿蘇白川で、熱心に、駅の写真を撮っていた若いカップルもいた。

全ての窓ガラスは、粉々になって、吹き飛び、車体は、脱線し、横倒しになった。

2

阿蘇の町から、救急車とパトカーが、駆けつけたのは、十五、六分後だった。

救急隊員と、パトカーの警官は、横倒しになった車体から、必死に、乗客と、運転手を、救出に、かかった。

誰《だれ》もが、血だらけになっていた。

すでに、事切れてしまっている乗客もいる。

破壊された車内には、血の臭《にお》いと、爆薬の臭いが、充満していた。

爆発は、車体の中央部付近で起きたらしく、その辺《あた》りの座席は、根こそぎ、剝《は》ぎとられ、二人の乗客が、折り重なるようにして、死亡して、見つかった。

運転手と、乗客は、阿蘇町の病院に運ばれたが、乗客七人の中、五人は死亡し、二人は意識不明の重体だった。

辛《かろ》うじて、意識が残っていたのは、井上《いのうえ》という運転手だけだが、彼にしても、爆発の瞬間、前のフロントガラスに、叩きつけられ、頭に、十二針縫う裂傷を負っていたし、背骨に、強い痛みを、訴えていた。

一時間後に、熊本県警本部から、三人の刑事が、やって来た。最初、単なる車両事故と思っていたものが、爆破された、殺人事件とわかってきたからである。

三人の刑事たちは、破壊された車両を調べ、そのあと、唯一、意識のある運転手から、話を聞いた。

しかし、乗客に、背中を向けていた運転手から、これはといった話は、聞けなかった。

「何しろ、突然でした。何が何だかわからない中に、車両が、横転し、私は、血だらけになっていたんです」

と、運転手は、いうだけだったからである。

確かに、背後で、突然、爆発が起きて、フロントガラスに、頭を突っ込んでしまったとすれば、何が何だか、わからなかったろう。

刑事たちは、被害者たちの身元を調べることにした。

これは、何者かが、車両を爆破したに違いない。とすれば、犯人の動機は、南阿蘇鉄道に対する恨みか、この車両に乗っていた乗客への恨みからに、違いなかったからである。

南阿蘇鉄道への恨みは、別に調べるとして、取りあえず、乗客と、運転手の身元を調べた。

運転手は、意識があるが、乗客の方は、助かった二人も、意識不明である。そこで、乗客の場合は、所持品などから、身元を割り出すより、仕方がなかった。

乗客七人の中、二人は、地元の人間だった。残る五人の中、東京が四人、一人が、大阪で、観光客と、見られた。

捜査を指揮した熊本県警の伊知地《いじち》警部が、自分の手帳に、書きとめた名前は、次の通りだった。

足立秀夫（39）　高森町　死亡
竹村すみ（66）　〃　死亡
笠原　昭（29）　東京都世田谷区
江崎みどり（22）　〃
平山　透（40）　〃　中野区　死亡
加東英司（45）　〃　練馬区　死亡
矢野幸二（50）　大阪市阿倍野区　死亡

井上　弘（45）　運転手

名前と住所は、所持品の中の運転免許証や名刺、クレジットカードなどから、わかったものである。

この中、笠原昭《かさはらしょう》と、江崎《えさき》みどりは、井上運転手の証言によれば、カップルで乗って来て、二人で、沿線の風景を、カメラで、撮っていたという。

爆発し、焼け焦《こ》げた車内から、三つのカメラが、見つかった。

一つは、完全に、こわれて、中のフィルムも、露光してしまっていたが、あとの二つは、多少、傷ついていたが、フィルムは、無事だった。

伊知地は、その二本のフィルムを、すぐ、現像させることにした。

その一方、住所が東京の四人については、東京の警視庁に、調べて貰《もら》うことにし、大阪の一人は、大阪府警に、調査を依頼した。もし、その五人の中に、強い恨みを持たれている人間がいるとすれば、犯人は、その人間を殺すために、車内に、爆薬を仕掛けたということが、考えられるのだ。

地元、高森町の二人と、井上運転手については、伊知地が、調べることにした。

井上運転手は、立野に、妻子と住んでいる。実直な人柄で、会社でも信頼されており、今までに、事故を起こしたことはなかった。

「多少、融通の利《き》かないところはありますが、それだけ、信用もされていますよ」

と、いうのが、彼を知っている人間の評価だった。

高森町の足立秀夫《あだちひでお》は、小さな旅館を、経営している。

彼の親の代からの旅館で、主として、高千穂へ抜ける観光客や、逆に、高千穂からやって来る人々が、泊まる。ただ、最近は、泊まり客が少なくなっていて、経営は、苦しいということだった。しかし、だからといって、何人もの人間を巻き添えにして、自殺は、図らないだろう。

もう一人の竹村《たけむら》すみは、未亡人で、息子夫婦と、暮らしていた。六十六歳だが、元気で、阿蘇町にある病院で、雑役婦として働いている。気さくなおばさんとして、人気もあり、彼女が、誰かに恨まれていたとは、考えにくかった。

もう一つ、伊知地が、調べたのは、南阿蘇鉄道のことだった。ひょっとして、この会社への不満から、何者かが、爆薬を仕掛けたのではないかという疑惑も、持たれたからである。

国鉄時代、この線は、高森から、高千穂まで、レールを延ばし、高千穂線を通って、延岡《のべおか》まで、出られる予定だった。

しかし、高森――高千穂間が、出来ない中に、赤字線として、廃止されることになった。

廃止反対を叫ぶ、地元の人たちの要望にそって、第三セクターとして、再出発することになり、昭和六十一年四月一日、南阿蘇鉄道として、再出発した。

この会社に出資しているのは、沿線の自治体、高森町、白水《はくすい》町などである。また、民間の阿蘇南部農業協議会も、出資している。

熊本県は、赤字に対して、資金援助はしているが、直接、経営には、参加していなかった。

立野――高森間、一七・七キロ。駅の数は八駅、車両は、四両である。この他に、季節によって、トロッコ列車を走らせる。

運転本数は、一日二十二本。職員数は、十三人である。

一七・七キロと短く、途中に、上り下りが、すれ違う施設がないため、一方向にだけ走らせる方式がとられている。

下りが、終点まで走ったあと、上りが、引き返すという方式である。

ただ、朝の通学時刻などには、二両編成にしたり、上り或いは、下りにだけ、間隔を置いて、二両の列車を走らせたりもしている。

国鉄時代に比べて、赤字は、大幅に減っており、沿線の町が、出資して、古い駅舎も、次々に、新しくなっていて、評判もいい。

また、沿線住民の熱望で、存続したせいで、自分たちの鉄道という意識が強く、利用者が、爆破するなど、とても、考えにくかった。

（あとは、東京と、大阪から来ていた観光客の調査結果だな）

と伊知地は、思った。

大阪府警からは、すぐ、回答があった。

矢野幸二《やのこうじ》（死亡）は、大阪市阿倍野《あべの》にある鉄工会社に勤めるサラリーマンである。娘は、すでに、結婚している。妻は、三年前に死亡し、現在は、気ままな独り暮らしで、旅行好きだから、よく、休暇を取って、日本中を旅していた。

今回も、会社には、三日間の休暇届を出しており、娘夫婦にも、阿蘇へ行くと、話していた。出世コースから外《はず》れているが、その代わり、人に恨まれもしない。

大阪府警からの報告は、このようなものだった。

十六日の午後から、乗客の家族が、駆けつけて来た。

東京の警視庁からは、なかなか、回答が、届かなかったが、この日の夕方になって、回答の代わりに、警視庁捜査一課の十津川《とつがわ》警部と、亀井《かめい》刑事の二人が、突然、高森にやって来た。

3

終点の高森駅の待避線に、爆破された車両が、運ばれて来て、置かれていた。

十津川と、亀井が、まず、それを見たいといい、伊知地が、案内したのである。

十津川は、ひと眼みて、

「こりゃあ、ひどいな」

と、声をあげた。

窓ガラスが、全部、粉砕されているのは、もちろんだが、屋根にも、穴があき、座席も、吹き飛んでいた。そして、赤黒く変色した血痕《けっこん》が、点々と、ついている。

「三人だけでも、命をとり止めたのが、奇跡みたいなものです」

と、伊知地はいってから、

「この事件に、なぜ、警視庁が、興味を持たれたんですか？」

と、十津川たちに会った時から、疑問に思っていたことを、口にした。

「その件で、どこか、落ち着ける場所で、話したいのですが」

と、十津川は、いう。

「では、高森警察署に行きましょう。今、そこに、捜査本部を、設けましたので」

と、伊知地は、いった。

高森警察署に行くと、十津川は、まず、本部長に、あいさつした。

「こちらの捜査状況から、話して頂けませんか」

と、十津川は、いった。

「われわれは、南阿蘇鉄道、負傷した井上運転手、それに、死亡した地元の二人について、調べましたが、誰かに、恨まれているということはなかったという結論になりました。難しかったのは、不特定多数の乗客を相手にしている南阿蘇鉄道でした。沿線の住民には、強く支持されていますが、観光客の気持は、わかりませんからね。しかし、会社宛《あて》に届いた手紙には、感謝の内容のものはありましたが、非難のものは、ありませんでした」

と、伊知地は、いった。

亀井が、肯《うなず》いた。

「私たちも、立野から、乗って来ましたが、車内のアナウンスも、丁寧だし、ワンマン運転の運転手の対応も、親切でしたよ」

「景色も、なかなかいいですね。水面上六十八メートルの第一白川橋梁《きょうりょう》は、高所恐怖症の私には、怖《こわ》かったですが」

と、十津川は、笑った。

「それで、さっきの話をして頂けませんか」

と、伊知地が、いった。

十津川は、笑いを消した表情になって、

「実は、乗客の中の加東英司《かとうえいじ》という人間のことですが」

と、いった。

「ああ、四十五歳の男ですね。死亡していますが、十津川さんの知っている方ですか?」

「よく知っている男です。同じ捜査一課の現職の刑事です」

「本当ですか? 運転免許証しかなくて、わかりませんでしたが」

「非番で、旅行に出かけていたからでしょう。休暇届も出ています」

と、十津川は、いった。

「それなら、一般の観光客扱いで、いいんじゃありませんか?」

と、伊知地が、いった。

「確かに、その通りですが、加東は、迷宮入りの事件を、ひとりで、追いかけていた節《ふし》があるのです」

「迷宮入りの事件ですか?」

「二年前に起きた殺人事件です。若い女性が三人続けて、殺されましたが、急に、ぱたりと止《や》んでしまいましてね。犯人は、死亡したのではないかとも、思われている事件です」

と、十津川は、いった。

「しかし、加東さんが、果たして、その事件のことで、南阿蘇鉄道に乗ったか、どうか、わからんのでしょう？　純粋に、旅行を楽しむために、乗っていたのかも知れません。もし、そうなら、今度の爆破とは、無関係ということになりますが」

と、伊知地は、反論した。

十津川は、別に、逆らわず、

「その通りですが、彼は、家族には、四国へ行くと、いっていたんです。それだけではありません。高知と、松山のホテルを予約していたのです。ところが、彼は、四国には行かず、九州の南阿蘇鉄道に乗っていたのですよ」

と、いった。

「東京を出発されたのは、いつですか？」

「四月十四日の午後です。娘さんの話では、新幹線で、岡山へ行き、岡山から、瀬戸大橋をわたって、四国に入ることになっていたそうです。何の連絡もなかったので、てっきり、四国にわたったと思っていたそうです」

「四国のホテルは、キャンセルしてありましたか？」

「それが、してありませんでした。彼は、几帳面《きちょうめん》な男で、忘れてしまうことなど、考えられないのですよ」

と、十津川は、いった。

「キャンセルするのを忘れるほど、気になることが、あったということになりますか？」

「そう考えざるを得ないのですよ」

「なるほど」

「これは、推測ですが、十四日に、新幹線の中で、彼は、気になる人間に、出会ったんじゃないか。それも、例の連続殺人事件に関係のある人間にです」

と、十津川がいい、亀井刑事が、それに付け加えた。

「それで、彼は、その人間を尾行して、ここまで来てしまったのではないかと、思ったわけです」

「もし、その推測が、当たっているとすると、犯人は、加東刑事が尾行していた人間で、車内に、爆薬を仕掛け、他の乗客もろとも、加東刑事を、殺そうと、企《たくら》んだことが、考えられますね？」

「その通りです。だから、私は、亀井刑事と、やって来ました」

と、十津川は、いった。

若い警官が、三人にコーヒーをいれてくれた。

伊知地は、それを、口に運んでから、

「十四日の午後、東京から、新幹線に乗ったとすると、その日は、九州のどこかで、泊まっていますね」

「多分、福岡か、熊本のホテルだと、思っているのですがね」

「それは、われわれが、調べてみましょう。地元ですから」

と、伊知地は、いった。

「カメラが三つあったそうですが、フィルムは、現像したんですか?」

亀井が、きいた。

「一つは、使いものになりませんでした。他の二つに入っていたフィルムは、すぐ、現像し、引き伸ばしました」

と、伊知地は、いい、それを、十津川たちに、見せてくれた。

全部で、二十六枚だった。

しかし、車内風景を撮ったものは、二枚だけで、あとは、車窓か、あるいは、熊本阿蘇の景色だった。

その二枚には、若い男と、女が、写っていた。交代で、写したのだろう。

「そちらは、若いカップルのカメラのもので、ごらんのように、お互いに、撮り合っただけで、他の乗客は、写っていないのです」

と、伊知地は、肩をすくめた。

確かに、参考には、なりそうもなかった。他の乗客も、車内の様子も、この写真からでは、わからなかったからである。

「明日、爆破現場に、連れて行って、くれませんか」

と、十津川は頼んだ。

4

この日、十津川と、亀井は、高森にある旅館に、泊まった。

遅い夕食のあと、十津川と、亀井は、東京から持参した、二年前の事件の資料を、もう一度、読み直した。

一ケ月半の間に、三人の若い娘が、殺された事件である。一人は女子大生、あとの二人はOLだった。

全く、関係のない女性たちである。そのため、最初は、動機がわからず、容疑者の確定が、難しかった。

その後、変質者の犯行ということになってきて、何人かの容疑者が、あがったのだが、決め手に欠けて、事件は、迷宮入りしてしまったのである。

「死んだ加東刑事は、最初から、最後まで、犯人は、変質者ではないという考えでしたね」

と、亀井が、いった。

「具体的に、彼が、追いかけていたのは、誰だったんだろう？　この調書の中には、出ていないんだが」

「私も、それは、聞いていません。しかし、彼に、一度、話を聞いたことがあるんです。あの事件は、われわれが、担当ではなかったので、内緒に、聞いたんですが」

「どういう話だったね？」

と、十津川が、きく。

「具体的な名前は、いいませんでした。ただ、その男は、一見すると、平凡で、健康な人間で、犯人には見えないと、いっていました。もう一つ、友人、知人に、有力者がいるので、よほど、有力な証拠がないと、逮捕は出来ないとも、いっていました。彼が、上司に報告しなかったのも、一笑に付されると、思っていたからでしょう」

と、亀井は、いった。

「今度、四国へ旅行に出かけて、新幹線の中で、彼は、その男を、見かけて、尾行したんだろうね」

「この南阿蘇鉄道まで、追いかけて来て、逆に、やられてしまったんでしょう」

と、亀井は、いった。が、

「しかし、相手は、爆薬を仕掛けて、レールバスから降りてしまったわけでしょう？とすると、犠牲者の中には、いないことになりますね」

「そういうことになるんだが――」

と、十津川は、肯《うなず》いた。が、その肯き方には、ためらいがあった。

亀井は、変な顔をした。

「違いますか？　まさか、加東刑事を道づれにして、自分も、死んでしまったわけじゃないと思いますが」

「そうなんだがねえ」

「納得できませんか？」

「今日、立野から、終点の高森まで、実際に乗って来ただろう。それを、思い出してみたんだよ」

と、十津川は、いった。

立野を出ると、白川渓谷にかかる第一白川橋梁を渡る。水面上六十八メートルの高さである。

この辺《あた》りは、山間《やまあい》を走る鉄道の感じがしたが、そのあと、長いトンネルに入り、抜けたとたん、周囲は、平凡な水田に変わってしまった。白川の渓谷は、どこかに、消えてしまったのだ。

「ワンマン・カーで、駅は無人だから、料金は、運転手が、一人一人、受け取っていた」

と、十津川は、思い出しながら、いった。

「ええ。覚えています。運転手も、大変だなと、思いました」

「対応は、丁寧だったし、いちいち、乗客が降りてしまったのを確認してから、発車させていた」

「そうです。しかし、そのことが、今度の事件と、何か関係がありますか?」

と、亀井が、きいた。

「加東刑事が、ある人間を、追いかけて、あのレールバスに、乗ったとする。相手は、尾行に気付き、車両もろとも、爆破して、加東刑事を、殺そうと考えた。多分、座席の下か、網棚に、仕掛けたんだろう。そして、途中で、降りた。自殺は、嫌《いや》だからね」

「そうです」

「加東刑事は、その男を見張っていたわけだよ。相手が、降りたのに、なぜ、彼も、降りなかったんだろう? 運転手は、いきなり、発車はせず、いちいち、降りる客が、まだ、いないかどうか、確かめてからにしている。加東刑事は、ゆっくり、降りられた筈《はず》なんだよ」

と、十津川は、いった。

亀井は、眼を光らせて、

「なるほど、そうですね。相手が降りてしまったのに、尾行していた加東刑事が、のんびりと、車内に残っていたというのは、不自然ですね」

と、いった。

「そうなんだよ」

「犯人は、加東刑事を、殴《なぐ》るか、何かして、気絶させておいて、降りたんじゃありませんか?」

「それも、明日、調べてみよう」

と、十津川は、いった。

翌日、十津川は、朝食のあと、死体の解剖《かいぼう》をした熊本の大学病院に、電話をかけ、加東英司のことを、きいてみた。

解剖に当たった医者が、答えてくれた。

「死因は、頭を強打されたことによると思われます。頭蓋骨《ずがいこつ》骨折ですね」

「他に、外傷はありませんでした?」

「他の外傷は、見つかりませんでしたよ」

と、医者は、いった。

すると、犯人が、加東を気絶させておいて、降りて、逃げたというのでは、無さそうだった。

(犯人を、なぜ、追わなかったのか?)

それが、最大の疑問で、いくら考えても、答えが、見つからなかった。

午前十時に、伊知地が、車で、迎えに来てくれた。

「東京の若いカップルは、まだ、意識が戻りませんか?」

と、十津川は、車の中で、きいてみた。

「熊本まで運んで、向こうの病院で、治療しているんですが、まだ、意識不明です。早く、意識が、戻って、欲しいんですがね」

伊知地は、口惜《くや》しそうに、いった。

「犯人は、多分、阿蘇白川で、降りたと思うのですが、聞き込みで、何かわかりましたか?」

と、亀井が、きいた。

「われわれも、犯人は、阿蘇白川で降りたと思っています。白川を出てすぐ、爆発が、起きていますから。それで、この駅で、降りた乗客の中に、怪しい人間がいないかどうか、聞き込みをやっています。何しろ、無人駅ですし、目撃者も、なかなか、見つからないのです。二人降りて、一人乗ったことだけは、わかったんですが」

と、伊知地は、いった。

その乗った一人が、死亡した高森町の男で、運が悪いとしか、いいようがないとも、伊知地はいった。

現場近くに、車を止め、三人は、線路に向かって、歩いて、行った。

「この少し先、駅寄りに、短い鉄橋があります。もし、その上で、爆発が起きていたら、車両は、転落して、一人も、生存者が無かったと思いますね」

伊知地は、阿蘇白川の方向を指さして、いった。

なるほど、三十メートルほど先に、短い鉄橋があり、七、八メートル下を、白川が、流れている。ここで、爆発があれば、間違いなく、谷底に、転落していたろう。

「爆薬は、何が使われたか、わかりましたか？」

と、十津川が、きいた。

水田を、なめるように、風が、吹いてくる。暖かい、春の風である。

「まだ、調べているんですが、ダイナマイトらしいということです。それに、タイマーをつけたと、思われます」

と、伊知地が、いう。

「爆発は、車両の中央部あたりで、あったようですね。こわれ方が、一番、激しかったから」

と、十津川が、いった。

「消防も、そういっています。運転手が、助かったのは、一番、離れた位置にいたからだと、思います。それに、若いカップルが、何とか助かりましたが、この二人は、どうも、一番、車両の前にいて、景色を見ていたからのようです」

と、伊知地は、いった。

三人は、車に戻り、阿蘇白川駅に、向かった。

ホームは、長いのだが、駅舎は、メルヘンチックで、小さかった。

駅の外に、レンタル自転車が、並んでいた。

犯人が、もし、ここで降りたとすると、そこから、何処《どこ》へ行っただろうか？

南阿蘇鉄道は、脱線転覆したことによって、三時間にわたって、不通になったという。単線だから、上り、下りのどちらかを使ってというわけに、いかないのだ。

と、すれば、犯人は、もう一度南阿蘇鉄道を使うことは、出来なかった筈である。

レンタル自転車を、使ったのだろうか？

しかし、借りる時、顔を覚えられてしまう。

（歩いたのかな？）

と、十津川は、思った。

天気は良かったし、時刻も、午後一時半を過ぎたばかりである。

歩いたということは、十分に、考えられるのだ。

「この先に、阿蘇登山道路の入口があります。登って行くと、垂玉《たるたま》温泉に着きます。この阿蘇白川から、バスも出ていて、二十分で行けます。歩いても、二、三時間で、行けると思います」

と、伊知地が、いった。

「その先は？」

と、亀井が、きいた。

「いろいろと、行き先は、あります。中岳火口を通って、豊肥本線の阿蘇駅にも出られますし、やまなみハイウェイにも出られます。バスが、いくらでも、走っていますから」

「バスで、立野に戻ることも、出来そうです」

と、亀井が、いった。

南阿蘇鉄道に、並行して、国道が走っている。当然、バスも、運行されている筈なのだ。

「犯人が、どんな人間なのか、男か女かもわからないのでは、聞き込みが、難しいですね」

と、伊知地は、難しい顔で、いった。

十津川と、亀井は、伊知地が、出してくれた阿蘇周辺の地図を、見つめた。

世界最大のカルデラ式火山というだけに、火口丘は、広大である。

その中に、温泉が点在し、登山道路が走り、ホテル、旅館が、あちこちに、集まっている。バス、レンタカー、タクシー、それに、レンタル自転車もある。

伊知地のいう通り、男か女かもわからない犯人を、追いかけるのは、絶望に近い。

それに、阿蘇白川で、降りたと思っているが、もっと、手前で、降りたかも知れないのだ。時限装置がついていれば、どこで降りても、爆発する時間は、調節できるだろう。

「少し歩きたいので、先に、帰って頂けませんか」

と、十津川は、急にいった。

「何処へでも、お連れしますよ」

と、伊知地がいうのを、無理に、先に帰って貰い、十津川は、亀井と、国道に沿って、ゆっくりと、歩き出した。

歩くことより、考えることが、目的だったから、時々、国道を外れて、水田の畔《あぜ》を歩いたりした。

草むらに、腰を下ろしたりもした。

「さっきいったことが、どうしても、気になってね」

と、十津川は、いった。

「犯人が降りたのに、なぜ、加東刑事が、続いて、降りなかったかと、いうことですか?」

「そうだ。それに、犯人の使ったダイナマイトのことがある」

「入手経路ですか?」

「それもあるが、なぜ、そんなものを、犯人が、持ち歩いていたかだよ」

と、十津川は、いった。

加東刑事は、四国へ行くといっていたのだから、突然、九州へ行くことにしたのは、偶然、迷宮入り事件の容疑者を、見つけたからだろう。

と、すれば、犯人が、加東刑事を殺すために、最初から、ダイナマイトを持ち歩いていたとは、考えにくい。

「考えられるのは、二つだよ。九州へ入ってから、加東刑事につけられているのに気付き、彼を殺そうと考えて、ダイナマイトを手に入れたか、或《あるい》いは、最初から、別の目的で、ダイナマイトを、持っていたということだ」

と、十津川が、いうと、亀井は、

「九州へ入ってから、急に、ダイナマイトを、手に入れるのは、大変だと思います。それに、加東刑事に、尾行されているのに気付いて、彼を消そうと考えたとき、ダイナマイトでという考えは、浮かんで来ないかも知れませんね。ナイフを買うでしょう、多分。さもなければ、スパナのような、殴れるものを、買うと思いますね」

「そうだろう。ダイナマイトで殺すというのは、とっさには、浮かんで来ない筈だよ。だが、犯人は、ダイナマイトを、使ったんだ」

「どう考えたら、いいんでしょうか？」

亀井は、十津川を見た。

「それを、カメさんにも、考えて貰《もら》いたいんだ。なぜ、犯人が、ダイナマイトを使ったか、なぜ、加東刑事が、犯人の後を追わず、車両の中に残っていたのか、この二つの疑問の答えを見つけたいんだよ」

と、十津川は、いった。

二人は、高森に向かって、引き返し始めた。

歩きながら、相変わらず、二つの疑問を、考え続けた。

高森警察署が、近づいたところで、二人は、喫茶店に入った。何とか、答えを見つけてから、戻りたかったからである。

小さいが、洒落《しゃれ》た造りの店で、観光客らしい若いカップルが、いるだけだった。

コーヒーを、ブラックで飲みながら、十津川は、いくつかの答えを考えてみた。

加東刑事は、粘り強い性格である。だからこそ、迷宮入りが囁《ささや》かれる事件に、食いさがっていたのだ。

また、尾行の名人ともいわれている。その男が、阿蘇まで追いかけて来たのである。

相手が、レールバスから降りたのに、ぼんやりと、座席に、残っている筈がない。

それなら、犯人は、車内に残っていて、自らも、死んだのだろうか？

それも、考えにくいのだ。

「一つだけ、答えがあるよ」

と、十津川は、苦いコーヒーを、口に運びながら、いった。

「私も、考えましたが、ちょっと、変わった答えなので――」

と、亀井が、遠慮がちに、いった。

「まず、カメさんの答えを聞きたいね。多分、私と同じだと思うよ」

と、十津川は、いった。

「加東刑事は、食いついたら、離れない男です。従って、彼が、車内にいたということは、尾行していた人間も、車内に残っていたということになります」

亀井は、ゆっくりと、いった。

「それで？」

「だが、レールバスは、爆破されました。何者かが、ダイナマイトを仕掛けたわけです。加東刑事が、尾行していた人間が、仕掛けたとは思われません。自殺するにしても、大仕掛けすぎますし、加東刑事が、気付いたと思われるからです。となると、考えられるのは、ダイナマイトを仕掛けた人間は、別人ということになって来ます。ちょっと、おかしなことになって来ますが」

「いや、おかしくはないよ」

十津川は、微笑した。

「じゃあ、警部も、同じ考えですか？」

「他に、考えようがないからね。多少、不自然でも、これが答えだと思っている」

「すると、どういうことになりますか？　加東刑事が、間違った相手を、尾行していたことになりますか？」

と、亀井が、きいた。

十津川は、手を振って、

「カメさんは、加東刑事を、よく知っているんだろう？　彼が、ミスすると、思うかね？」

「いや、思いません」

「それに、彼が、ミスしていたのなら、犯人は、爆破なんかしないさ。ミスさせておけばいいんだから」

「そうすると、死んだ乗客の中に、加東刑事が、尾行していた人間が、いることになりますね？」

「その通りだよ。助かったアベックも含めて、東京から来た乗客の中に、いると思っていい。東京の西本《にしもと》刑事たちが、調べているから、何かわかる筈だ」

と、十津川は、いった。

5

高森警察署に戻ると、伊知地刑事が、十津川たちに、

「加東さんの娘さんが、来ています」

「ひろみさんが？」

と、きき返したのは、亀井である。

そのひろみは、二十二歳だった。亡くなった父親に、顔立ちが、よく似ていた。

父の遺体に会って来たところだと、ひろみは、いった。

「亀井さんが、何か、父が、メモしたものでもあれば、見たいと、おっしゃっていたので、手帳を、持って来ました」

ひろみが、差し出したのは、警察手帳ではなく、市販の手帳である。自分の個人的な心覚えということで、市販の手帳にしてあったのかも知れない。

十津川と、亀井は、その手帳のページを、繰《く》っていった。

日記になっている手帳だったが、中に書かれていることは、日付けを無視して、例の事件のことだけだった。

市販の手帳に、書きとめたのは、多分、捜査方針と違った方向に、加東が、事件を、考えていたからだろう。

手帳の中に、しきりに、T・Hというイニシャルが出てくることに、十津川は、まず、気がついた。

どうやら、加東刑事は、この人間に、眼をつけ、ひとりで、調べていたらしい。

その尾行の記録も、つづられていた。

T・Hの経歴も、書き込んであった。それによると、この人間の経歴は、次の通りらしい。

現在、大手銀行の貸付課長補佐をしている。商業高校を出たあと、この銀行に入ったノン・キャリア組である。

生真面目《きまじめ》な男で、仕事一途だが、そのために、二年前に、離婚している。子供はいない。

かなり、ストレスが、溜《た》まっているものと思われる。一度、深夜、帰り道のＯＬを襲って、捕まったが、酔っていたのと、初犯ということで、釈放され、銀行には、連絡されなかった。

中学、高校時代は、平凡で、目立たない生徒だった。口数が少ないせいで、友人は、少なかった。

別れた妻とは、見合いである。見合いをすすめたのは、銀行の上司で、この結婚は、失敗だったと思われる。彼が、無口で、地味な性格なのに対して、妻は、派手《はで》好みで、騒ぐことが、好きだったからである。完全な、妻主導で、彼は、九年間、引き廻されたようだが、それでも、なかなか、別れられなかったのは、上司の紹介で決まった結婚だったからだろう。

「Ｔ・Ｈに合うのは、平山透《ひらやまとおる》。四十歳だね」

と、十津川は、いった。

「そうです。この男だけです」

「加東刑事は、この平山透を、尾行して、阿蘇まで来たのか」

と、十津川は、いってから、東京に、残っている西本刑事に、電話をかけた。

「まだ、全員の調査が、終わっていませんが」

と、西本がいうのへ、

「いや、平山透という男のことだけで、いいんだ。この男のことは、調べたかね？」

「それなら、だいたいの調査は、すみました」

と、西本が、いう。

「じゃあ、どんな男か話してくれ」

「M銀行四谷《よつや》支店で、働いている男です。貸付課の課長補佐です」

「やはりね」

「商業高校を出て、すぐ、M銀行に入りまして、二十年余りです。独身で課長補佐ですが、キャリアの課長なんかより、仕事のことをよく知っているので、実務は、この平山が、握っていました」

「課長になる予定はあるのかね？」

「それですが、去年、なる予定だったらしいんですが、なぜか、課長補佐のままです」

「理由は、何なんだ？」

「今、調べていますが、どうも、不正融資の疑いがでてきていたんだと思われます」

「その点を、詳しく、調べてみてくれ」

と、十津川は、いった。

十津川に、代わって、亀井が電話に出て、

「二年前の連続殺人のとき、この平山透が、容疑者の一人として、浮かんで来ていなかったのかね？」

と、きいた。

「あれは、青山組が、扱った事件ですが、加東刑事ひとりが、彼の名前をあげていたようです。しかし、結局、証拠なしということで、消えました」

「なぜ、加東刑事は、平山透を、マークしたんだろう？」

「それが、よくわからないのです。どうも、理由は、いわなかったようで、それも、上の方で、彼の意見が入れられなかった理由のようです」

と、西本は、いった。

「平山は、なぜ、阿蘇へ来ていたんだろう？」

と、十津川が、きいた。

「銀行には、四日間の休暇届が出ていますが、その届けには、旅行のためとしか、書かれていません。ただ、平山の郷里は、九州の熊本ですので、その線かも知れません」

「熊本市内かね？」

「市内ですが、両親は、すでに、亡くなっていますし、家もありません」

「高校も、熊本かね？」

「そうです」

「すると、その頃《ころ》、彼が、阿蘇へ、遊びに行っていたことは、あり得るわけだね？」

「そう思います」

と、西本は、いった。

とにかく、加東刑事が、平山透を、追って、阿蘇へ来たことは、間違いなくなったと、十津川は、思った。

十津川は、そうした全てのことを、伊知地に話した。

伊知地は、真剣に、聞いていたが、

「すると、今度の事件は、何者かが、加東刑事と、平山透の二人を殺そうと、ダイナマイトを、仕掛けたことになりますか？」

と、十津川に、きいた。

「そう考えていいと、私は、思っていますが」

「熊本市内に住んでいた頃の平山透のことを、調べてみましょう」

と、伊知地は、いった。

まず、熊本の方から、調査の結果が、出た。

「面白いことが、わかりましたよ」

と、翌日、伊知地が、いって来た。

「どんなことですか？」

と、十津川が、期待して、きいた。

「高校時代、平山は、ひとりで、よく、阿蘇へ行っていたようです。友人とではなく、ひとりでです」

「すると、国鉄時代の南阿蘇鉄道も、よく利用していたわけですね？」

「そうだと思います。それから、高森駅から車で、七、八分のところに、ペンションを建築中です。温泉付きの」

「それは、面白いですね」

と、十津川は、いった。

「今年の秋には、完成する予定で、土地代など、全て含めて、一億二千万円ということでした。かなり大きいペンションです」

「それが、出来たら、平山は、銀行をやめて、ペンションのオーナーにおさまる気でいたのかも知れませんね」

と、亀井が、いった。

十津川と、亀井は、伊知地に、そのペンションを、案内して、貰った。

ペンション村や、国民休暇村のある辺りで、今はやりのテニスコート、乗馬センターも、近くに、あった。

平山が、建てているペンションは、ペンション村の一角にあった。木造二階建てで、外観はすでに、出来あがっていた。

メルヘン風の白い建物である。

建築に当たった会社に、聞くと、平山は、土地代金を含めて、一億円分を、一回で、払ったということだった。

「平山の実家は、資産家だったんですか？」

と、十津川は、伊知地に、きいた。

「いや、平凡なサラリーマンの家庭だったようです。勤務先のM銀行から、一億円を、融資して貰ったんじゃありませんかねえ」

「しかし、一億円も、貸し出すかね」

と、十津川は、首をかしげた。

夜になって、西本刑事から、電話があった時、そのことを、聞いてみた。

「それは、恐らく、平山が、不正融資した相手から、リベートとして、受け取ったんじゃないかと、思います」

と、西本はいった。

「一億円もかね？」

「何しろ、不正融資の金額は、六十億円を超えているんです」

「それだけの金額を、特定の相手に、融資したのかね？」

「そうです」

「しかし、それだけの融資だと、支店長の判が必要なんじゃないのかね？」

「そうなんですが、支店長が若い男で、エリートコースなんですが、実務にうといんです。それで、実務二十年の平山に委《まか》せてしまい、今になって、あわてているというところです」

「不正融資の相手は？」

「M銀行の方で、なかなか、話してくれないので、苦労しましたが、K興産という会社とわかりました。輸入品の販売をやっている会社だということですが、本当のところはわかりません。何しろ、今は倒産して、社長も、行方不明ですから」

「倒産ねえ」

「西新宿のビルにあった会社です。従業員が二十五、六名。同じビルの人たちに聞いても、得体《えたい》の知れない会社だったそうです」

「なぜ、そんな会社に、平山は、六十億もの融資をしたんだろう？　すぐ、焦《こ》げつくことは、わかっているのに」

と、十津川は、きいた。

「それなんですが、K興産に、融資が始まったのは、二年前からです」

「つまり、例の連続殺人が、起きた頃ということか？」

「そうなんです。五億、十億と、貸しつけていって、六十億です」

「相手は、平山が、連続殺人事件の犯人と知って、脅迫したということかな？」

「そう思います」

「しかし、会社は倒産し、社長は、行方不明じゃ、どうしようもないな。行方は、わからないのかね？」

「今、社長や、幹部の写真を集めています。そちらへ送りますか？」

「いや、私とカメさんも、明日、東京へ帰るよ」

と、十津川は、いった。

事件の根は、東京にあることは、明らかだった。

次の日、十津川と、亀井は、急遽《きゅうきょ》、東京に帰った。急ぐので、熊本空港から、飛行機に乗った。

羽田に着いたのは、午前九時半である。

空港には、西本と日下《くさか》の二人が、車で、迎えに来ていた。

西本が、車の中で、十津川と、亀井に、三枚の写真を、見せた。

「これが、例のK興産の社長と、幹部の写真です」

「全員が、行方不明なのかね？」

十津川は、写真を見ながら、きいた。

「いえ、社長は、行方不明ですが、幹部二人は、現住所も、わかっています」

と、西本がいった。

社長　藤原　茂（五十二歳）
副社長　林田秀雄（三十八歳）
総務部長　久保　恭（四十歳）

これが、三枚の写真につけられている名前と肩書である。

「林田《はやしだ》と、久保《くぼ》の二人は、六十億円の融資について、どういっているんだ？」

と、十津川は、写真を見ながら、きいた。

「K興産は、藤原《ふじわら》社長のワンマン会社で、全て、社長がひとりでやっていて、融資のことは、全く知らなかったと、いっています」

「今、二人は、何をやってるんだ？」

「二人で、不動産会社を作っています。日本中を飛び廻っているそうで、南阿蘇鉄道の事件の時は、二人とも、東京を離れていたことを認めましたが、阿蘇には、行っていないと、主張しています」

「四月十五日に、何処へ行っていたと、主張しているんだ？」

「林田と久保は、二人とも関西と、いっています」

「それは、証明されているのかね？」

「一応、大阪のホテルに、十四、十五、十六日と、三日間泊まっています」

「一応というのは？」

「二人で、ツイン・ルームを借りていますから、一人が、抜け出していても、わからないわけです」

と、西本は、いった。

警視庁に着くと、十津川は、二年前の連続殺人事件と、K興産への不正融資の関係を、調べることにした。

不正融資については、西本と、日下が、調べてくれていた。

連続殺人の件は、次のように、起きていた。

五月二十日　沢井ゆか（24）ＯＬ
六月五日　魚住夕子（21）学生
六月二十一日　沼田夏子（25）ＯＬ

これが、殺された三人の女性である。ほぼ半月間隔で、殺されていた。

そして、K興産への融資は、同じ年の七月に、第一回が、行われていた。

「この三人目の殺しを、目撃したのかも知れないな」

と、十津川は、いった。

この殺人について、十津川は、調書を調べてみた。

沼田夏子《ぬまたなつこ》は、東京駅八重洲口《やえすぐち》に本社のある商社に勤めていて、自宅は、中野区本町《なかのほんちょう》のマンションである。

この日、彼女は、新宿で、女友だちと映画を見、ちょっと飲んで、帰宅した。

夜の十一時少し過ぎに、自宅マンション近くで、背中を刺されて、殺された。

彼女は、東京の会社まで、中央線で通っていて、この夜も、新宿から、中央線に、乗っている。

一方、平山も、四谷から、中央線で、自宅の中野に、帰っていた。

多分、平山は、中央線の車内で、獲物を物色し、尾行して、殺したのだろう。

それを、K興産の三人の誰が、目撃したのか？

「この三人の住所を、教えてくれ。二年前のだ」

と、十津川は、いった。

日下が、メモを見せた。

藤原　茂　　三鷹市井の頭
林田秀雄　　中野区本町
久保　恭　　豊島区北大塚

「林田が、同じ中野か」

と、十津川が、呟《つぶや》いた。

「彼も、この時は、中野のマンション暮らしでした」

と、日下が、いう。

「場所は、沼田夏子のマンションに近いのかね？」

「同じ本町になっていますから、近いと思います」

「それなら、偶然、この殺人を、目撃した可能性は、あるわけだね」

「あります」

「現在、林田は、どこに住んでいるんだね？」

「四谷のマンションです。面白いことに、K興産への第一回の融資が行われた直後、林田は、その四谷に引っ越しています」

「高いマンションかね？」

「億ションですよ」

と、日下が、笑った。

「社長の藤原を含めて、その三人は、どんな連中なんだ？」

と、十津川は、西本と日下の二人にきいた。

「一言でいえば、得体の知れない男たちです。三人とも、サギの前科があります」

「どんなサギなんだ？」

「いわゆる取り込みサギです。三人で、会社を作り、どんどん、品物を買い込んでは、それを安く売り払って、ドロンを決め込むといったやつです。月末になって、代金を請求する頃には会社は、消えてしまっているという、典型的な取り込みサギです」

「じゃあ、ずっと、三人で、組んでやっていたわけか？」

「そうです」

「藤原が、ずっと、社長役をやっているのかね？」

亀井が、きくと、日下は、

「そうです。写真を見れば、すぐわかりますが、三人の中で、藤原が、一番、恰幅《かっぷく》がよく、いかにも、社長然としています。それで、社長役をやって来たんだと思います」

「実際は、どうなんだ？」

「藤原が、行方不明なので、はっきりしたことは、わかりませんが、どうも、実際の権力は、他の二人が、持っていたような気がします」

「会ってみたいね」

と、十津川は、いった。

6

十津川と、亀井は、その日の午後、四谷に、林田を訪ねた。

億ションといっても、この辺りでは、部屋はそう大きくない。２ＬＤＫである。

林田は、にこやかに、十津川たちを、迎えた。

「藤原社長の行方は、まだ、わかりませんか？」

と、十津川は、まず、その質問から始めた。

「残念ながら、わかりません。私も、必死で、探しているんですがね」

「なぜ、必死で、探しているんですか？」

「決まってるじゃありませんか。Ｍ銀行から、借りた金は、全て、社長が、持ち去ってしまったんですからね。一刻も早く、出て来て、始末をつけて欲しいですよ」

「六十億の融資を、受けていたというのは、本当ですか？」

と、十津川が、きくと、林田は、肩をすくめて、

「そんな金額のことも、全く知りませんでしたよ。とにかく、資金繰りのことは、全て、社長に委《まか》せて、いたものですからね」

「藤原社長の一存で、行われたことというわけですか？」

「そうです」

「六十億も融資を受ければ、急に、資金繰りが楽になったと思うんですがね。変に思わなかったんですか？」

「いや、うちの会社は、いつも、資金繰りに困っていましたからね。つまり、六十億の金は、社長が、自分のフトコロに入れてしまっていたということですよ」

と、林田は、いった。

「平山という男を、知っていますか？」

と、十津川は、きいた。

「誰ですか？　それは――」

「K興産に、六十億の融資をしたM銀行四谷支店の貸付担当です」

「なるほど。それなら、社長は、よく知っているでしょうが、私は、知りませんね。会ったこともありません」

「沼田夏子というOLは、どうですか？」

「それも、M銀行の人ですか？」

と、林田は、眼を、ぱちぱちさせた。

十津川は、苦笑しながら、

「いや、商社に勤めるOLですよ」

「それなら、私には、関係ない」

「二年前の六月二十一日の夜、彼女は、中野区本町のマンションに帰る途中で、殺されましてね。例の連続殺人の被害者の一人なんですよ」

「そうですか」

「それだけですか？」

「それだけかって？　私は、犯人じゃないし、関係ありませんよ」

「本当に、それだけの感想ですか？」

十津川は、意地悪く、重ねて、きいた。

「関係ないんだから、仕方がないでしょう」

林田は、むっとした顔で、十津川を、睨《にら》んだ。

「この頃、あなたも、中野のマンションに住んでいたんじゃありませんか？　しかも、同じ中野区本町のマンションです。私は、別に、あなたを、犯人とは、思っていませんが、ああ、同じ地区のマンションに、その頃、私も住んでいたんですよといった言葉を、聞きたかったんですがねえ」

と、十津川は、いった。

一瞬、林田の顔色が、変わった。が、すぐ、元の表情に戻ると、

「なるほど。いわれてみると、同じ、中野に私も、住んでいたんでしたねえ」

「実は、平山というM銀行の貸付係ですが、二年前の中野の殺しの容疑者だったんですよ」

「――――」

急に、林田は、黙ってしまった。下手《へた》に、肯《うなず》いたりすると、まずいと、思ったのだろう。

「ところが、四月十五日に、阿蘇で、殺されたんですよ。南阿蘇鉄道ののレールバスに乗っていましてね」

「それが、私と、何か関係があるんですか?」

「ダイナマイトで、車両ごと、吹っ飛ばされたんですよ。犯人は、平山を殺すために、他の乗客も、殺したんです」

「ちょっと、待って下さい。何のために、そんな話を、私にするんですか?」

と、林田は、口をとがらせた。

「あなたが、犯人を、知っているんじゃないかと、思いましてね」

「私が？　とんでもない。知らない男を、なぜ、私が、殺すんですか」

「六十億の融資にからんで、殺されたに違いないですからねえ」

「それなら、うちの社長が、怪しいんじゃありませんか。六十億を独《ひと》り占めにして、姿を消してしまったんだから」

と、林田は、いう。

「それは、おかしいんじゃありませんか。姿を消しているんなら、わざわざ、殺人を犯して、騒ぎを起こす必要はないと思いますがねえ」

十津川が、皮肉を籠《こ》めていうと、林田は、複雑な表情を見せて、

「何となく、そう思ったんですよ。揚げ足は、取らないで下さい。これでも、警察に、協力しようとしているんですから」

「本当に、協力してくれますか？」

「市民の義務ですからね」

「それなら、われわれと一緒に、阿蘇へ行って、南阿蘇鉄道に、乗って頂けませんかね」

と、十津川は、いった。

林田は、身構える姿勢になって、

「なぜ、そんなことをしなければいけないんですか？」

「四月十五日に、爆破されたレールバスですが、乗客五人は、死にましたが、奇跡的に、助かった人が、三人いるんですよ。その三人に、聞いたところ、爆発する前に、あわてて降りた男が、一人いたというのです。その男の人相を聞くと、あなたに、よく似ているんですよ」

「私じゃありませんよ」

「そうかも知れませんが、一度、あなたに、レールバスの中で、その三人に、会って貰いたいのですよ。実際に、あなたを見れば、違うかどうかも、はっきりすると、思いますのでね」

と、十津川は、いった。

林田の眼に、迷いの色が浮かんだ。明らかに、OKしたらいいのか、それとも、拒否したらいいのか、迷っているのだ。どちらが、疑われずにすむかを、秤《はかり》にかけている感じだったが、

「時間に余裕があれば、喜んで、協力しますが、今は、仕事が忙しいんですよ。申しわけないが」

と、いった。

「その時が来たら、連絡して下さい。すぐ、阿蘇へ行きたいのでね」

と、十津川は、いった。

7

　そのあと、十津川は、もう一人の久保には、会わず、警視庁に戻った。

「あの林田が、犯人だよ」

　と、十津川は、自信を持って、いった。

「私も、そんな感じを持ちました」

　と、亀井も、いう。

「一緒に、阿蘇へ行ってくれといったら、奴《やつ》は迷っていた。シロなら、冗談じゃないといって怒るか、協力するというか、どちらかだ。ところが、奴は、こっちの顔色を見ていた。弱みのある証拠だよ」

「これから、どうしますか？　向こうへ連れて行っても、レールバスの運転手は、覚えているかどうかわからないし、若いカップルは、いぜんとして、意識不明ですよ」

「少し、インチキをするか――」

「どんなインチキですか？」

「爆破犯人のモンタージュを作るんだ」

　と、十津川は、いった。

亀井は、変な顔をして、

「どうやって、作るんです？　目撃者もいないのに」

「これを、参考にして、作るさ」

十津川は、林田の写真を、亀井の前に押し出した。

亀井が、笑った。

「なるほど。ちょっとしたインチキですね」

似顔絵の上手な刑事を呼び、林田に似たモンタージュを作った。

わざと、それをコピーし、それを持って、十津川と亀井は、翌日、もう一度、林田を訪ねた。

「昨夜、熊本県警から、ファックスで、送って来たものです。三人の目撃者の証言によって、作った爆破犯人のモンタージュです。あなたに、よく似ているでしょう？」

十津川が、いうと、林田は、ちらりと、見て、すぐ、視線をそらせて、

「そうですかねえ。私は、似ているとは、思わないが」

「いや、よく似ていますよ。私があなたのことを、熊本県警に知らせたら、飛んで来るでしょうね」

「飛んで来て、どうするというんですか？」

「もちろん、あなたを、熊本へ連れて行って、三人の目撃者に、面通《めんとお》しをさせるでし

ようね」

と、十津川は、まっすぐに、林田を見つめて、いった。

林田は、顔を赤くした。

「警察は、顔が似ているというだけで、逮捕するんですか？」

「警察の人間も、いろいろですからね。モンタージュそっくりなら、容赦なく、逮捕するのも、いるんですよ」

と、十津川は、脅《おど》した。

林田は、腕時計に眼をやった。

「用事があるので、そろそろ、帰って頂けませんかね」

「また来ますよ」

と、十津川は、いい、亀井を促して、立ち上がった。

外に出ると、待っていた西本と日下の二人に、

「しっかり、監視してくれ」

「林田は、動きますか？」

「脅しておいたからな。動くと思ってるよ」

と、十津川は、いった。

動く可能性はある。だが、どう動くかは、十津川にも、わからなかった。

十津川は、警視庁に帰ると、すぐ、熊本の伊知地に、電話をかけ、林田のことを、詳しく、話した。

「そちらに、無断で、犯人のモンタージュを作ったことを、お詫《わ》びします。何とか、犯人を、罠《わな》にかけたくて」

「林田という男は、本当に、犯人なんですか？」

「私は、そう思っています」

十津川は、そんないい方をした。

「もし、犯人とすると、彼は、こちらの三人の生存者に、目撃されていると、信じているわけですね？」

「その通りです」

「しかし、本当は、運転手は、見ていないし、若いカップルは、まだ、意識を取り戻していませんが——」

「わかっています」

「もし、林田が、こちらへやって来たら、どうしますか？」

「林田が、犯人としてですが、われわれの罠にはまってくれれば、目撃者三人の口を封じようとして、そちらに行くと思います。行った場合に、嘘がばれてはまずいので、ニセの目撃者を、作っておいてくれませんか」

と、十津川は、いった。

「ニセですか？」

「そうです。運転手と、若いカップルのニセ者です」

「しかし、危険な役目ですから、人選が――」

「そうですね。では、こちらで、作りましょう。あの若いカップルは、東京の人間ですから、こちらでニセ者を作るのが、いいかも知れません。すぐ、二人を、そちらへやりますから、本物のカップルと、すりかえて下さい。運転手は、そちらで、お願いします」

「わかりました」

と、伊知地は、肯いたが、

「心配が一つあります。林田が犯人なら、同じ車両に乗っていたことになります。だとすると、運転手や、あの若いカップルの顔を覚えていて、ニセ者と、見破るんじゃありませんか？」

「その点は、大丈夫だと思っています。犯人は、きっと、平山と、平山を尾行していたうちの加東刑事だけを、見ていた筈だからです。他の乗客を見たとしても、注意深くは、見てない筈ですよ」

「それが、乗客の顔写真が、新聞に出てしまっています。犯人は、きっと、その顔写真を見て、こちらに、やってくると、思いますが」

「ああ、そうか――」

と、十津川は、舌打ちしたが、すぐ、考え直して、

「大変な爆発だったわけだから、顔や頭に怪我《けが》をしていて、包帯を巻いていることにして下さい。こちらも、なるべく、若いカップルに似た男女を見つけて、そちらに、行かせます」

と、いった。

十津川は、ひそかに、問題のカップルに似た若い男女の警官を、探した。

見つかったのは、新宿署の三十歳の男の警官と、世田谷署の二十二歳の婦人警官である。

確かに、若いカップルの顔写真に、よく似た男女だった。

十津川は、二人に、事情を説明して、すぐ、阿蘇へ出発させた。

その日の夕方になると、熊本県警の伊知地刑事から、電話が、あった。

「本物のカップルは、まだ、熊本の総合病院に入院中ですが、それを退院したことにして、二人の警官には、高森のホテルに入って貰いました。こちらの温泉で、しばらく、リハビリをして貰うということになっています」

「二人とも、うまく動いていますか？」

心配になって、十津川は、きいた。

「大丈夫です。熊本の病院には、もちろん、了解をとりましたが、高森のホテルの方は、頭から、あのレールバスの生き残りの乗客といってあります。疑っている者は、いません」

「運転手は、身代わりが見つかりましたか？」

「探したんですが、見つかりませんし、井上運転手が、自分の手で、犯人を捕まえたいといって、危険を承知で、動いてくれることになりまして、同じホテルで、同じく、リハビリするということにしてあります」

「こちらの二人は、包帯をしているんですか？」

と、亀井が、きいた。

「頭に包帯して貰っています。爆発の時、本物は、頭に怪我していますから」

「なるほど」

「それで、林田の動きは、どうですか？」

「まだ、これといった動きは、ありません。しかし、もう一人の久保と、しきりに、会っていますね」

「二人が、こちらにやって来る可能性もありますか？」

「それは、林田と、久保が、どの程度の関係かということになりますね。多分、この二人は、六十億円を、藤原社長が、ひとりで懐《ふところ》に入れたことにして、消してしまい、二人で、山分けしたんだと思いますが、そうした共犯関係にあるなら、今度も、一緒に、移動するでしょうね」

と、十津川は、いった。

「南阿蘇鉄道の爆破も、二人でやったと思われますか？」

「二人は、その時、大阪のホテルに、前後三日間、宿泊していて、これが、アリバイになっています。恐らく、二人で、しめし合わせて、アリバイを作り、一人が、レールバスに乗ったと思います。とすれば、今度も、同じ方法で、アリバイ作りをして、一人が高森へ行くのではないかと思います」

と、十津川は、いった。

彼の予想どおり、林田と、久保が動き出したのは、その翌日だった。

二人で、新幹線に乗り、関西へ出発したのだ。

十津川は、彼等の尾行を、西本と日下の二人の刑事に委せ、自分は、亀井と、一足先に、飛行機で、熊本に向かった。

8

熊本に着くと、すぐ、高森に向かい、午後には、高森警察署に着き、伊知地刑事たちと、再会した。

「今頃、林田と、久保は、大阪のホテルに、チェック・インしている筈です」

と、十津川は、腕時計に、眼をやりながら、いった。
五、六分して、西本から、高森署へ、電話が入った。
「二人が、大阪のSホテルに、チェック・インしました。ツインルームです。前と同じ方法のアリバイ作りをするものと思います」

と、西本は、十津川に、いった。

その電話のあと、十津川と、亀井は、車で、ニセのカップルが入っているホテルに、出かけた。

温泉のあるホテルで、温泉治療も、やっていた。温泉を使ったリハビリテーションである。

三浦《みうら》巡査と、東条冴子《とうじょうさえこ》巡査は、頭に包帯を巻き、パジャマ姿で、十津川を迎えた。

「間もなく始まるよ」

と、十津川は、二人に、いった。

二人とも、緊張していたが、十津川は、その緊張を、解きほぐすようなことはしなかった。こんな時は、むしろ、緊張していた方がいいと、思ったからである。

高森署に戻ると、伊知地が、これも、緊張した顔で、

「いま、熊本の病院から、電話がありました。入院している若いカップルの様子を、聞いて来たそうです。男の声の電話だといっていました」

「それで、何と、答えたんですか？」

「予定どおり、リハビリのため、高森のホテルに、移したと、答えたそうです」

「その電話の男は、名前は、いったんですか？」

「親戚《しんせき》の者だといっただけで、名前はいわなかったそうです」

「すると、あの二人のどちらかでしょうね」

と、十津川は、いった。

だが、この日は、夜になっても、何事もなかった。

大阪にいる西本と、日下の二人からも、林田たちは、市内のホテルに入ったまま、動かないという連絡だった。

翌朝、八時半頃に、西本から、電話が入った。

「今、林田と、久保の二人が、ホテル一階のレストランで、朝食をとっています」

と、西本が、いった。

「どんな顔をしているね？」

と、十津川は、きいた。

「何か、にこにこ笑いながら、話しています」

「笑いながら？」

「ええ」

「君たちに尾行されているのを、知っているのかも知れないな」

「かも知れませんが――」

と、西本は、いいかけて、急に、黙ってしまった。受話器を放り出して、どこかに行ってしまった感じで、いくら、呼びかけても、応答がない。

「もしもし。どうしたんだ？　おい！」

と、十津川は、不安になって、大声をあげた。

「もしもし」

と、やっと、西本の声が、戻って来た。

「何があったんだ？」

「瞞《だま》されました」

「何のことだ？」

「てっきり、二人で、朝食をとっていると思っていたんですが、違っていました。久保は、本物ですが、林田の方は、よく似ているが、別人でした。やられました」

「林田は、いつ、いなくなったんだ?」

「昨日の夕方六時までは、間違いなく、このホテルにいました。入れ替わったとすれば、そのあとです」

「そのときに、大阪を出ているとすれば、もうこっちに着いているな」

十津川は、電話を切ると、すぐ、伊知地刑事に、話し、亀井を促して、ホテルに、急いだ。

南阿蘇鉄道の高森駅には、県警の刑事が、張り込んでいる。彼等は、林田と、久保の顔写真を、何回も見ているから、林田が、降りて来れば、すぐ、連絡が来る筈だった。

それがないのは、まだ来ていないか、別のルートから来ようとしているかだ。

(恐らく、別のルートで来るだろう)

と、十津川は、思っていた。

前に、南阿蘇鉄道の車両を爆破しているから、このルートは、使いにくい筈である。

だが、どのルートかと考えると、予測は、難しい。

宮崎県側から、高千穂に出て、高森へ来るかも知れないし、阿蘇の山側から降りて来るかも知れない。

それに、ホテルは、外から入っても、誰も、怪しまれないのだ。

ホテルには、七人の県警の刑事が、フロント係や、泊まり客になって、潜《ひそ》んでいる。

「林田は、どうやって、ホテルに入って来ますかね？」

と、亀井が、ホテルの外で、十津川に、いった。

二人の隠れている場所から、ホテルの入口が、よく見える。

「まず考えられるのは、変装して、泊まり客として入って来るか、それとも、出入りの業者に化けて入って来るかだと思うがね」

と、十津川は、いった。

「ホテルの中には、入れるわけですね？」

「そうだ。例の二人は、五階の五〇六号室にいる。その部屋に、入って、二人を殺そうとするところを、捕まえたい。県警も、同じ戦法でね」

と、十津川は、いった。

「はたして、林田が、うまく、こちらの思う通りに動いてくれるでしょうか？」

「どうかな？　向こうだって、用心してくるんだからね」

と、十津川は、いった。

時間が、たっていった。が、林田らしい人間は、なかなか、現われなかった。

見過ごしたかと思ったが、ホテルの中にいる刑事たちも、まだ、林田を見ていなかった。

むろん、五〇六号室にいる三浦と、冴子も、無事だった。

昼を過ぎても、事態は、変わらなかった。見張る側に、次第に、疲労と、いらいらが、強くなってくる。

午後六時。

もう暗くなってきた。

十津川が、腕時計を、顔に近づけるようにして、その時刻を確認した時だった。

突然、ホテルのロビーで、激しい爆発音が聞こえた。入口から、たちまち、煙が、吹き出してきた。

何が起きたかわからなかった。が、十津川と、亀井は、反射的に、物陰から飛び出し、ホテルの入口に向かって、走り出していた。

猛烈な煙だった。

その煙に包まれると、眼が、開けていられない。

(催涙ガス?)

明らかに、催涙ガスなのだ。激しく咳込《せきこ》み、涙が出てくる。

ロビーは、そのガスで、充満していて、視界が、利かない。呻《うめ》き声をあげている人間が、いるのだが、どこにいるのか、見えないのだ。

「裏口から入ろう！」

と、十津川は、叫び、いったん、ホテルの外に、逃げ出した。

「畜生！」

と、亀井が、叫んだ。

あとから、あとから、涙が出てしまう。それでも、二人は、裏側へ向かって、駆けて行った。

従業員出入口と書かれたドアの前にも、県警の刑事が、立っていた。

「何があったんですか？　爆発音が聞こえましたが」

と、その刑事が、きいた。

「ここを通った人間は？」

「誰もいません」

「入るぞ」

と、短くいって、重いドアを開けた。

レストランのキッチンへ通じる細い通路も、白煙が、充満している。

「とにかく、五階へ行くんだ！」

と、十津川が、大声で、いった。

もう一度、外に出ると、非常階段を、あがることにした。

どの階の部屋でも、窓を開け、泊まり客が、助けを求めていた。

非常階段に取りすがって、降りてくる客もいる。

それを、上《のぼ》りながら、二人は、五階へあがって行った。

五階の踊り場にたどりついたが、非常ドアが開かない。内側からしか、開かないことになっているのだ。

（カギ！）

と、思った。が、また下へ降りて、取ってくる余裕はない。

非常ドアを、二人で、叩《たた》き、蹴飛《けと》ばした。

それが、合図だったかのように、内側から、突然、ドアが開き、白煙と一緒に、一人、二人と、泊まり客が、飛び出してきた。

五階の廊下も、催涙ガスで、あふれていた。

一階にあふれた白煙が、階段を伝って、二階、三階へと、あがって来たのか。

十津川と、亀井は、五〇六号室に向かって、突進した。

ドアが開いていた。

中に飛び込んで、ドアを閉めた。

ツインルームの中で、包帯姿の三浦と、東条冴子が、ガスマスクをつけた男と、格闘しているのが見えた。

部屋の中は、窓が開いているせいで、催涙ガスは、ほとんどないのだが、十津川と、亀井は、眼が痛み、眼の前の人物が、ぼやけてしまう。

「くそ！」

と、十津川は、唸《うな》りながら、痛む眼を、一杯に見開く。

ガスマスクの男。それに向かって、むしゃぶりついた。

とたんに、左腕に、激しい痛みが走った。

刃物が、彼の左腕を、切り裂いたのだ。

十津川は、それでも、相手を離さず、一緒に、床に転がった。

亀井と、二人の巡査が、その上に、折り重なってきた。

9

林田は、逮捕された。逮捕の理由は、傷害容疑である。

十津川は、すぐ、大阪のホテルにいる西本と日下の二人に電話をかけ、久保を、逮捕するように、いった。

そのあと、伊知地刑事に、病院へ連れて行って貰い、左腕の手当てを受けた。幸い、傷は、さほど深くない。

むしろ、眼の痛みの方が、いつまでも残った。洗眼しても、痛みが、消えてくれないのだ。

翌日、旅館で、休んでいるところへ、伊知地刑事が、見舞いに来てくれた。

「十津川さんも、傷が治るまで、こちらの温泉に泊まっていかれたら、いかがですか」

と、伊知地は、いった。

「林田は、自供しましたか？」

と、十津川は、きいた。

「少しずつ、自供しています。証人を殺しに来たことは、事実だし、十津川さんを、傷つけましたからね。間もなく、四月十五日の爆破も、認めると、思います」

伊知地は、そういって、微笑した。

「あの爆発と、催涙ガスは、やはり、林田がやったんですか？」

「奴は、大阪を出発するとき、宅配便で、あのホテル宛に、荷物を届けたんです。翌日、着くようにです」

「しかし、ホテルの誰宛に、送ったんですか？」

「なかなか頭がよくて、電話で、まず、あのホテルに、予約をしたんですよ。もちろん、林田じゃなくて、山田功《やまだいさお》という名前でです。明日の午後行くので、よろしくといいましてね。そうしておいて、ホテル内山田功行ということで、荷物を送ったんです。ホテルとしては、ああ、予約されたお客の荷物だなというので、フロントが預かっていて、山田功という客が来たら、渡すことにしていたんです」

「そうしたら、午後六時に、爆発か」

「そうです。時限装置つきのダイナマイトと催涙ガスのタンクが、何本も、入っていたわけです。たちまち、ロビーに、催涙ガスが立ち籠《こ》めたということです」

「そうしておいて、林田は、ガスマスクをつけて、ホテルに入り、五階にあがって行ったわけですね」

「そうです。張り込みの刑事に、ガスマスクを、持たせておけば、よかったんですが――」

と、伊知地は、いった。

「私も持っていればと思いましたよ」

と、十津川は、笑った。

更に二日たって、林田が、全てを、自供した。

二年前に偶然、男が、若い娘を背後から、刺殺するのを目撃した。

林田は、犯人が、M銀行の貸付係とわかると、脅迫を始めた。

藤原、久保と、三人で作った会社への融資をしろ、さもなければ、警察にいうぞと、脅したのである。

平山は、その脅迫に負けて、五億、十億と、不正融資を始めた。

六十億になった時、これ以上、出来ないと、いってきた。

警察も、動き出す気配を感じて、林田と、久保は、全ての責任を、社長の藤原にかぶせることにした。

藤原が、六十億を持って、逃げ出したことにしたのだ。

そして、会社は、倒産。

藤原は、奥多摩《おくたま》に誘い出して殺して、埋めた。

これは、上手《うま》くいったのだが、問題は、平山だった。

口封じに、一億円を渡したのだが、故郷の熊本県の高森にペンションを建ててから、もっと、リベートを寄越せと、いい出した。六十億円も渡したのだから、五、六億は、寄越してもいいだろうと、いい出したのだ。

それに、平山が、警察に捕まってしまえば、藤原社長を、失踪《しっそう》に見せかけて殺したことも、わかってしまうかも知れない。

そこで、平山の口を、完全に封じてしまうことを、考えた。

東京で殺したのでは、まずい。

平山が、ペンションを見に行くということを知り、ペンションごと、吹き飛ばしてしまおうと、計画し、ダイナマイトを、手に入れた。

仲間の久保と、大阪のホテルに泊まっていることにして、アリバイを作ってである。四月十四日の夕方、新大阪から、博多行の新幹線に乗り込むと、平山が、乗っていた。

飛行機嫌いの平山は、東京から、博多まで新幹線にしたのだ。

ところが、林田が、平山を見張っていると、彼以外にも、男が一人、平山を見張っていることに気がついた。

どうやら、刑事らしい。何しろ、平山は、連続殺人事件の犯人なのだから、警察が、眼をつけるのが、当然だと思った。

しかし、こうなると、高森のペンションで、殺すわけにはいかなくなってしまった。それどころか、平山は、逮捕されたら、林田と、久保のことだって、喋《しゃべ》ってしまうだろう。

そこで、林田は、平山と一緒に、刑事らしい男も殺してしまおうと、考えた。

幸い、立野から一両編成の南阿蘇鉄道に乗った。

平山が、終点の高森まで行くことは、わかっている。尾行する刑事も、当然、高森まで行く。

そこで、高森へ着く寸前に時限装置を合わせ、林田は、立野を出てすぐ、次の駅で降りてしまった。車内で、平山に、気付かれるのが、怖かったからである。

そして、爆発が起き、平山と、刑事が、死んだ。

それが、林田の自供の全てだった。

藤原社長の遺体は、自供通り、奥多摩の山中で、掘り出された。

事件は、解決した。

「しかし、一つだけ、解決しないことがあるよ」

と、十津川は、亀井に、いった。

「何です？」

「平山が、三人の女を、次々に殺していった心理だよ」

阿蘇幻死行

1

夫が仕事で忙しいと、妻は旅に出る、かどうかはわからないが、とにかく十津川直子《とつがわなおこ》は、友人の戸田恵《とだめぐみ》と旅に出た。

行先は、前から行きたいと思っていた阿蘇《あそ》である。

恵は大学の同窓で、同じ三十五歳。三年前に離婚し、すぐ、ブランド物だけを扱う高級店を都内に七店持つオーナーと、再婚した。ひと廻り以上も年上だが、それだけに気楽だと、いっている。

優しい夫で、恵がひとりで旅に出ても、全く文句をいわないのだという。それで、しばしば直子を旅に誘うことになる。

今回の旅行も、恵が計画を立ててくれた。

東京から、まず、熊本行の飛行機に乗る。

「あなたが羨ましいわ。お金があって、寛大なご主人がいて」

と、直子は、飛行機の中で恵にいった。

「あなただって、大阪の叔母さんの大きな遺産が入ったんでしょう？」

「遺産はくれたけど、時間はくれなかったわ」

「何いってるの。あなたが、勝手に、頼りがいのある刑事さんと結婚して、自分の時間を削っちゃったんじゃないの。時間が欲しかったら、私みたいに別れなさい」

と、恵は、笑った。

恵と会っていると、直子は、いつも、こんなたわいのない会話になってしまう。

熊本空港に着くと、空港内のレンタカー営業所で、車を調達した。借りたのは、ニッサンのスカイラインGTである。

そこで阿蘇周辺の地図も手に入れ、恵の運転で、その日泊る栃木《とちのき》温泉のK旅館に向った。

国道57号線を、東に向って走る。

窓を開けていると、五月の風が、心地良く流れ込んでくる。

ゴールデンウィークを過ぎているので、道路も空いていた。

道路は、豊肥《ほうひ》本線に沿うように延びている。三十分ほど走ると、阿蘇外輪山の入口である立野《たての》に着く。

ここから国道57号線と分れて、白川沿いの栃木温泉に入って行く。

K旅館には、三時過ぎに着いた。玄関に、

「戸田、十津川様御一行」の看板が出ている。

白川の流れが見える部屋に通された。

直子は、籐椅子に腰を下して、ぼんやりと流れに眼をやった。

「この気分、久しぶりだわ」

と、直子は、満足そうにいった。ぼんやりと、自然を感じる気分が、いいのだ。

夫の十津川は、警視庁捜査一課の警部として、毎日のように事件に追われている。一緒にいると、嫌でも、その緊張感が直子に伝って来てしまう。離れて、この温泉に来れば、その緊張感から解放される。

「お風呂に行きましょうよ」

と、恵が、声をかけてきた。

一階の大浴場へおりて行く。裸になると、どうしても、身体の線が気になってくる。直子は、毎日、家の近くをジョギングしているので、少しは自信があったのだが、恵の身体は、ほれぼれするほど美しい曲線を描いていた。

「羨ましいわ」

と、直子が、正直にいうと、

「新宿にあるSKというフィットネスクラブの会員になっているの」

と、恵が、いった。

「フィットネスクラブにねえ」

「良ければ、紹介するわ。エステもやってくれるから、楽しいわよ」

と、恵は、いう。

直子は、先に、浴槽に身体を沈めてから、

「会員制だと、高いんでしょう？」

「ちょっと高いけど、それだけの値打ちはあるわよ」

「どんな人が、入ってるの？」

「たいていは、三十代から上の女性ね。それにね」

と、恵は、声をひそめて、

「先生が、若くて、美男子なの」

「ふーん」

「それに、優しい」

「まさか、そこの先生に、惚れたんじゃないでしょうね？」

「どうかしらね」

恵は、思わせぶりに笑った。

「駄目よ。あんないいご主人がいるんだから」

「あたしは、主人は主人、素敵な男性は男性って、考えることにしてるの。人生一度しかないんですものね」

「困った人ね」

と、直子は、笑った。

恵が、少し変ったような気がした。少し女っぽく、危険な感じになった。

2

夕食のあとで、恵の携帯が鳴った。彼女は、二言、三言話してから、

「行くわ」

と、いって、電話を切った。

「だれ？」

「これから、飲みに行かない？」

と、恵が、いう。

「この近くに、そんな店があったかしら？」

「熊本よ。熊本へ行って、飲むの」

「熊本？　片道一時間もかかるわよ」

直子は、驚いて、いった。

「熊本で、クラブをやっている友だちがいるの。今、彼女から電話で、どうしても遊びに来てくれっていってるのよ。面白い店だから、行ってみましょうよ」

「今から？」

「ええ。まだ、七時よ。寝るまで時間を持て余すより、熊本市内へ行って楽しみましょうよ」

恵は、熱心にすすめた。

「じゃあ、タクシーを呼ばないと」

「何いってるの。レンタカーがあるじゃないの」

「でも、向うでお酒を飲んでしまったら、運転は出来ないわよ」

「大丈夫よ、少しくらい。もし酔ったら、その時は、タクシーにすればいいわ。とにかく、行きましょうよ。実は、その友だちに、九州へ行ったら店に遊びに行くって、約束しちゃってあるの。だから、お願い」

と、恵は、手を合せる真似をした。

「仕方がないわ。行きましょう」

「ありがとう。恩に着るわ」

と、恵は、いった。

二人は、レンタカーに乗り、再び熊本に向った。

まだ、周囲は、薄暮《はくぼ》だった。

恵の運転で、国道57号線を熊本に向う。

途中で、暗くなった。

熊本市内に入ったのは、午後八時半に近かった。

市内の新市街（サンロード）の雑居ビルの入口に、恵の友人という女性が、迎えに出てくれていた。

その女性に案内されて、五階にあるクラブ「菊乃《きくの》」に入った。

「ママの菊乃さん。あたしの高校の時の同窓生」

と、恵が、紹介してくれた。

「菊乃は、水商売に入ってからの名前なんです」

と、ママは、いった。

さして広くないが、豪華な造りで、七、八人いるホステスも、美人揃いだった。

店の隅に小さな舞台が作られていて、ホステスが、かわるがわる鮮やかな芸を見せてくれる。

「うちでは、何か出来なければ、採用しないんですよ」

と、ママは、誇らしげに、いった。

直子は、その芸には感心したが、帰りのことが心配で、あまり飲めなかった。

さすがに、恵も、控えている。

十時になって、恵が、直子に、

「そろそろ、失礼しようかしら」

と、小声で、いった。

ママは、それ以上、止めようとはせず、

「本当に、来てくれて、ありがとう」

と、恵に、礼をいった。

料金はいらないといったが、直子と恵が半分ずつ払って、店を出た。

レンタカーに乗った。

「大丈夫？」

と、直子が、心配できいた。

「大丈夫よ。ぜんぜん酔っていないんだから」

恵は、いい、スカイラインGTをスタートさせた。

街灯がまばらなので、道路が暗い。

それでも車が少いので、恵は、安心して飛ばして行く。

途中で、直子が、運転を代った。

直子は、大きく眼を見開いて、ライトに浮ぶ道路を睨《にら》むように見て、走らせて行く。

間もなく、立野まで来て、突然直子は、がくんと車がゆれるのを感じた。

何かを、はねてしまったらしい。

あわてて、ブレーキを踏んだ。

車は、悲鳴をあげ、二十メートル走ったところで、とまった。

「どうしたの？」

と、助手席の恵が、きく。

「何かを、はねたみたいなの」

直子は、自分の顔から、血の気が引いていくのがわかった。

「はねたって、まさか――」

「人間かも知れない」

「とにかく、見てみましょうよ」

恵がいい、車の懐中電灯を持って、外に出た。

直子も、続いておりた。

恵が、懐中電灯で、道路を照らす。急ブレーキの痕《あと》が、続いている。

二人は、その痕を辿るように、逆戻りして歩いて行った。

（もし人をはねたのなら、どうしよう……）

直子は、そんな言葉が、脳裏をかけめぐった。

(夫の十津川も、刑事をやめなければならなくなるかも知れない)

「何にも無いわよ」

と、恵が、いった。

確かに、急ブレーキの痕が始まっている場所へ来ても、何も無かった。

人間はおろか、ねずみの死骸も落ちていないのだ。

「夢でも見てたんじゃないの」

と、恵が、笑う。

「でも、がくんと、ショックがあったのよ。あなただって、感じたでしょう?」

「あたしは、何も感じなかったわ」

「本当に?」

「現に、何も無いじゃないの」

と、恵は、いった。

二人は、車に戻った。直子は運転するのが怖くなり、ここから先は、恵に委せることにした。

K旅館に戻ったのは、十二時近かった。

恵が、もう一度、温泉に入りましょうよと誘ったが、直子はその気になれず、先に布団に入ってしまった。

翌日、朝食のあと、二人は、レンタカーで湯布院《ゆふいん》に向った。

阿蘇の雄大な景色を眺めながら、阿蘇登山道路を走り、やまなみハイウエイを通って、湯布院に向う。

空は、文字通り五月晴《さつき》れで、直子は、昨夜の出来事を忘れることが出来た。

湯布院は、直子が、一度は行ってみたいと念じていた温泉だった。

近くの別府とは、対極にある温泉だといわれる。

湯布院にないものが別府にあり、別府にないものが湯布院にあるという。

二人は、ここのT旅館に入った。

旅館の周囲には、水田が広がり、蛙が鳴いている。

自然をなるべく壊さないようにしているのが、湯布院だった。

(ここなら、一層のんびりと出来そうだ)

と、直子は、思った。が、夕食の時、配られた夕刊を見て、がくぜんとした。

〈五月十三日早朝、国道57号線の立野附近の水田で、男の死体が発見された。警察の調べでは、全身に打撲の痕があり、国道上で車にはねられて、水田に落ちたのではないかと、思われる。

男は四十歳前後で、今のところ、観光客らしいとしかわかっていない。警察は、はねた車を探しているが、県内の車とは限らず、見つけ出すには苦労する模様である〉

読み終って、直子は顔色が変った。あの時、やはり人をはねていたのだ。道路上は調べたが、水田は真っ暗だったから調べなかった。

「どうしたの？」

と、恵が、きく。

直子は、黙って夕刊を渡した。

恵は、「ふーん」と鼻を鳴らしたが、

「関係ないことじゃないの」

「関係なくはないわ。私が、はねたのかも知れない。昨夜、熊本からの帰りにだわ」

「何いってるの。あの時、車から降りて調べたじゃないの。道路の上には、何も無かったわ。死体も、何もね」

「脇の水田までは、調べなかったわ」

「ええ。でも、これは、あたしたちの車じゃないわ。他の車が、はねたのよ。そうに、違いないわ」

と、恵は、いった。

翌朝、T旅館を出発しようとすると、レンタカーが、駐車場から消えていた。

(警察が来て、押収していったのか)

と、直子は青くなったが、恵は平然とした顔で、

「タクシーをフロントに、頼みましょうよ」

「レンタカー、まさか、あなたが?」

「天使が、持って行ったんだと思うわ」

「天使――?」

「そうよ。消えて無くなれば、疑われずにすむわ」

と、恵がいう。

「でも、あなたの名前で借りたんだから、警察は、営業所へ行って調べるわ」

「いいじゃないの。いくら調べたって、車はもう無いんだから」

「でも、レンタカーの営業所の方は、どうするの?」

「新車の代金を払えば、向うだって、文句はいわない筈よ」

と、恵は、笑った。

タクシーが来て、それに乗って由布院駅まで行くと、恵は、

「これから、あたしが熊本に戻って、車の代金を払ってくるから、直子は、先に東京

へ帰って頂戴」

「そんなことは、出来ないわ。私も、熊本へ行くわ」

と、直子は、いった。

「じゃあ、一緒に行きましょう」

と、恵は、いった。

二人は、今度は列車で大分に出て、そこから、豊肥本線で、熊本に向った。

熊本駅前の、同じレンタカー会社の営業所に顔を出すと、恵が、

「お借りしたスカイラインGTを、電柱にぶつけて、めちゃめちゃにしちゃったの。申しわけないので、新車の代金を受け取って欲しいの」

「その車は、何処にあるんですか？」

と、担当の男が、きく。

「湯布院の近くよ」

恵は、地図に印をつけた。

「とにかく、湯布院の営業所に連絡を取ります。そのあとで、どうしたらいいか、連絡します」

と、担当は、いった。

恵は、自宅の電話番号を、相手にいった。

3

「私、自首するわ」

と、空港で、直子は、いった。

「何を、つまらないことをいっているの」

恵は、怒ったように、いった。

「でも、私が運転して、はねたんだから」

「証拠なんか、どこにもないじゃないの。車は、コンクリートの電柱にぶつかって、フロントがぐちゃぐちゃになってしまっているわ」

「昨夜、あなたが運転して、わざと電柱にぶつけたのね？」

「さあ、どうだったかしら」

「あなたの好意はありがたいけど、人をはねて殺しておいて、このまま頬かむりは出来ないわ。一一〇番して、警察に来て貰う」

なおも、直子がいうと、恵は、ついさっき空港の売店で買った新聞で、直子の顔を叩いて、

「これを、ごらんなさいよ」

「何なの？」

「国道57号線で、男性をはねた人間が自首したと、出てるわよ」

「え？」

直子は、その新聞を奪い取るようにして、社会面を開いた。


〈国道57号線事故の犯人自首！〉


その見出しが、大きく躍っている。

〈五月十二日夜、国道57号線、立野近くで男性が車にはねられ、水田に落ちて死亡した事件について調べた警察は、十四日午前八時頃、自首してきた男を逮捕した。

この男は、熊本市内で建設業を営む原文彦《はらふみひこ》容疑者（二十三歳）で、十二日午後十時四十分頃、立野附近で車にショックを感じたが、そのまま走って帰宅してしまった。十三日の朝になってニュースで知り、悩んだ末、出頭したといっている。

はねられた男性の身元は、いぜんとして不明である〉

読み終わって、直子は、小さく溜息をついた。

〈犯人は、自分ではなかったのだ〉

ほっとして、一瞬、虚脱状態になってしまった。

「しっかりしてよ」

恵が、声をかける。

「ほっとしたのよ」

「だから、いったじゃないの。はねたのは、あたしたちの車じゃないって」

恵が、笑った。

二人は、熊本空港から飛行機に乗り、東京に帰った。

家に帰った直子は、立野でのことは、夫の十津川には話さなかった。いたずらに心配をかけるのは、嫌だったからである。

翌日、直子は、恵に電話をかけた。

「熊本のレンタカーの営業所から、何か、いって来た？」

「ええ、保険で片がついたので、弁償は結構ですと、いって来たわ」

と、恵は、いった。

「良かった」

「それでは心苦しいので、あそこの営業所長さんに、礼状だけは出しておこうと思っているの。直子も、よかったら、出しておいてくれない」

と、恵は、いった。

「もちろん、出しておくわ」

と、直子は約束した。

すぐ、便箋《びんせん》を取り出して、熊本空港内のNレンタカーの営業所長宛に礼状を書いた。

〈先日、友人の戸田恵と二人で、そちらでニッサン・スカイラインGTをお借りした者です。大事な車なのに、私の運転が未熟なため、湯布院でコンクリートの電柱にぶつけてしまい、大破させてしまいました。

誠に、申しわけないことを致しました。それにも拘《かか》わらずお許し下さったと聞き、恐縮しております。いつか、お礼に参りたいと思います。

五月十五日　　十津川直子〉

自分が運転して、電柱にぶつけたように書いたのは、恵が自分の身代わりになってくれようとしたことへの、お礼の積りからだった。

翌十六日、外出した際、この手紙を投函《とうかん》した。

その後、しばらくは、時々、事件のことを思い出して落ち着けなかったが、月が変って六月になると、やっと落ち着いて来たし、よく眠れるようになった。

事件のことも、思い出さなくなった。

4

六月二日のことだった。

午後三時頃、突然、一人の男が直子を訪ねて来た。

もちろん、夫の十津川は、出勤して不在だった。

五十歳ぐらいの、ずんぐりした身体つきの男で、インターホンが鳴ったので、直子が顔を出すと、

「十津川直子さんですね？」

と、汗をふきながら、いった。

「ええ」

直子が肯《うなず》くと、男は一枚の名刺を取り出して、彼女に渡した。

〈熊本弁護士会　弁護士　太刀川誠《たちかわまこと》〉

と、あった。

「弁護士さん」

「そうです。熊本に住んでおります。ずいぶん探しましたよ」

と、相手は、またハンカチで顔の汗をふく。相当な汗かきらしい。

「何のご用でしょうか？」

直子が、きくと、

「こういう所では、ちょっと」

「じゃあ、お入り下さい」

直子は相手を居間に案内し、取りあえずコーヒーを出した。

「何のご用でしょうか？　弁護士さんに、差し当って用はないつもりですけど」

「実は、私は、原文彦という男の弁護士でしてね」

「原——？」

どこかで聞いたような名前だなと思ったが、思い出せない。

「熊本市内で建設会社の仕事をしている、二十三歳の若い男なんです」

（ああ）

と、思った。新聞に出ていた男だ。

国道57号線で、人をはねたと自首して出た人間だった。

また、あの夜の出来事が、よみがえってきた。

しかし、もちろん、そんなことはおくびにも出さず、

「その人と私が、どんな関係があるんでしょう？」

「五月十二日の夜、国道57号線の立野近くで、身元不明の男性が車にはねられ、水田

に落ちて死亡したという事件があるのです。原文彦は、自分がはねたと思って自首したのですが、私が調べてみると、どうも違うようなのですよ」

「でも、その人は、自分がはねたと自首したんでしょう？」

「ええ」

「それなら、問題ないじゃありませんか？」

「確かに、原は、はねているんです。しかし、彼は死体をはねたと、私は見ているんです」

「死体をはねたって、どういうことなんです？」

「つまり、原の前に、他の車が身元不明の男をひき殺したということなんです。その直後に、原の車が死体をはね飛ばしたのです」

「でも、どうしてそんなことが、わかるんですか？」

「まず、死体の背広に、くっきりと車のタイヤの痕がついているんですが、そのタイヤ痕と原の車のタイヤ痕が、一致せんのですよ。現場には急ブレーキの痕がついているんですが、そのタイヤ痕も、原の車と一致しないのです」

と、弁護士の太刀川は、いう。

「それで、どうなさったの？」

と、直子は、きいた。

「死体の背広についていたタイヤ痕について、調べました。徹底的に、調べました。どうも、ニッサン・スカイラインGTがつけているタイヤらしいとわかりました。原が運転していたのは、トヨタのライトバンで、今、申し上げたように、タイヤ痕が一致しないのです」

「でも、ニッサン・スカイラインという車は、いくらでも走っているでしょう？」

直子は、緊張した顔で、きいた。

「スカイラインGTです」

「同じことでしょう？」

直子は、突っけんどんに、きいた。

「いや、使用しているタイヤが違うのですよ。地元の警察は、原文彦を犯人と決めつけているので、うちの事務所の人間二人を使って、聞き込みをやりました」

「――」

「なかなか、それらしい車を特定できなかったんですが、うちの加藤《かとう》という弁護士が、耳よりな話を聞き込んで来たのです」

「どんな話です？」

「熊本空港で、ニッサン・スカイラインGTをレンタルした人間がいたという話です。それだけではありません。その人物は、レンタルしたその車で、栃木温泉と熊本市内を、夜、往復したこともわかってきました」

「――――」

「男がはねられたのが、夜の十時四十分頃ですから、時刻もぴったりなのです」

「それで？」

「しかも、このスカイラインGTは、なぜか、翌日、レンタルした人間がコンクリートの電柱にぶつけて、フロントを大破してしまっていたのです」

「――――」

だんだん、直子の口数が少なくなってくる。

「それで、私は、こう考えました。熊本空港で、ニッサン・スカイラインGTを借りた人間が、五月十二日の夜、国道57号線で男をひき殺した。その直後に、原のトヨタのライトバンが、死体を水田まではね飛ばした。男をひき殺したスカイラインGTは、当然、フロントに傷がついている。それを隠すために、コンクリートの電柱に激突させ、フロントをめちゃめちゃにしてしまったのです」

太刀川は、わざとのように、ゆっくりゆっくり喋る。

直子の方が、じれて、かっとなった。

「思わせぶりな話し方をしないで、ズバリと結論をいいなさいよ」

「それでは、ずばりと申し上げましょう。レンタカーの営業所と栃木温泉を聞き廻って、問題のスカイラインGTを借りた人がわかりました。二人の女性です。つまり、十津川直子さん、あなたと、あなたの友人の戸田恵さんです。やっと、あなたに辿《たど》りつきました」

「私と恵さんが、車でひいたという証拠があるんですか？」

と、直子は、きいた。

「あります」

「見せて下さいな」

「今いった、死体の上衣《うわぎ》についたタイヤ痕と、あなたがぶつけてこわしたスカイラインGTのフェンダーに、死体の上衣のセンイが附着していたのですよ」

「――――」

「それに、これも手に入れました」

太刀川は、ポケットからコピーを取り出して、直子に見せた。

（あッ）

と、直子は、思った。

彼女が、レンタカーの営業所長に書いた、礼状のコピーである。

「あなたの筆跡に、間違いありませんね？」

勝ち誇ったように、太刀川は、いった。

「ええ」

「これには、お友だちの戸田恵さんと二人でスカイラインGTを借りたと、書いてある。それより重要なのは、自分がコンクリートの電柱にぶつけて、車のフロントをめちゃめちゃにこわしたと、書いてある点ですよ。あなたは、証拠かくしをやったと自供しているんだ」

と、太刀川は、いった。

「恵さんだって、同じような礼状を、営業所長さんに出してある筈だけど――」

「もちろん、ありましたよ。自分の名前でスカイラインGTを借りたと、書いてありましたよ。しかし、自分がコンクリートの電柱にぶつけたとは、書いてありません。こうした点から、私は、あなたが主犯で、戸田恵さんは従犯と考えています」

「私を、どうなさるつもりなんです？」

直子は、相手を睨んだ。

「出来れば、自首して頂きたいのです。国道57号線で、男をひき殺したのは私です、とですよ」

と、太刀川がいったとき、彼のポケットで、携帯電話が鳴った。

太刀川は、「失礼します」といって、部屋を出て行った。

玄関で、何か喋っているようだったが、二、三分して部屋に戻ってくると、

「熊本の私の事務所の人間からの電話でしたが、死んだ男の身元がわかったそうです。東京都杉並《すぎなみ》区の、伊知地三郎《いちじさぶろう》という三十五歳の男だそうです」

「私の知らない人ですわ。当り前ですけど」

「本当に、ご存知ありませんか？」

「知る筈がないでしょう！」

「バツイチの男でしてね。若い時は、銀座でホストをやっていた。そのホストクラブのナンバーワンだったという話です」

「私ね、ホストクラブに遊びに行ったことはありませんわ」

「いや、もうホストはやっていませんでした。六本木の、高級クラブのオーナーでした。ボーイに美男子を揃えているので、女性客に人気があるんですよ。Rというのが店の名前です」

「私に、関係ありません。だらだらと、私に関係のないことをいっていらっしゃるけど、何なんですか？」

直子は、また相手を睨《にら》んだ。

「そうですか。ひょっとして、十津川さんがご存知の方かと思いましてね。何しろ同じ東京の人ですし、たまたまだと思いますが、伊知地という被害者も、同じ時に栃木温泉に来ているんです」

「私の知ったことじゃないわ」

だんだん、直子の言葉遣いも乱暴になっていく。

「もう一つ奇妙なのは、夜十時過ぎという遅い時刻に、伊知地が、なぜ立野近くにいたかということなんです。栃木温泉から現地まで、かなり離れていますからね」

「いいかげんにして、帰って頂けません？　全て私に関係のないことなんですから」

と、直子は、いった。

「それでは、これで失礼しますが、これから困ったことになりますよ」

「何のことを、おっしゃってるの？」

「私が、自分で調べたことを、熊本県警に報告したんです。犯人は、原文彦ではないということをです。最初は、全く相手にされませんでしたが、やっと、ここに来て、耳を傾けてくれるようになったんです。向うの刑事が、ここや戸田恵さんのところに、事情聴取にやって来ますよ。十津川さんのご主人は、本庁の警部さんでしょう。その奥さんが人身事故を起こしたということになると、まずいことになるんじゃありませんか。しかも、逃げたということになると、ご主人も、責任をとって辞職せざるを得なくなるのと違いますか？　ああ、わかっています。もう、失礼します」

と、相手は、腰を上げた。

5

直子は、呆然として、しばらくソファから腰を上げられなかった。

それでも、五、六分すると、電話に手を伸した。

戸田恵に、かけた。

直子が、太刀川という弁護士が来たことを告げると、

「やっぱり、あなたの所にも行ったの？」

と、甲高い声を、あげた。

「恵さんの所にも？」

「ええ。うちに、先に来たのよ。ねちねちした喋り方で、あなた方お二人が、五月十二日の夜、国道57号線で、人をひき殺したことは間違いないんだと、いってたわ」

「私にも、同じことをいってたわ」

「自首した原とかいう男は、そのあとではねたって、いうんでしょう？」

「ええ」

「めちゃくちゃになったスカイラインGTを見つけたとか、死体の上衣に、その車のタイヤ痕がはっきりりついてたとか、あたしには、いってたわ」

「私にも、同じことを、いってた」

「向うの警察も動き出したとも、いってたんじゃない？」

「そうなの」

「でも、大丈夫よ。あの時、車を運転してたのはあたしだって、いっておくから。あたしの名前で借りた車なんだから」

「そんなこと、出来ないわ。あの時、私が代って車を運転してたんだから」

あわてて、直子は、いった。

「駄目！」

と、恵は、叱りつけるようにいった。

「あなたのご主人は、警視庁の現職の刑事さんなのよ。あなたがひき逃げで逮捕されたりしたら、警視庁を辞めなければならなくなるわよ」

「でも、あなたのご主人だって、偉い社長さんなんでしょう？」

「こういう時は、ワンマン社長は、便利なの。上に誰もいないんだから、あたしが捕まったって、平気な顔をしてると思うわ。社員だって、社長が怖いから何にもいわない筈。それに、お金持だから、いい弁護士を何人もつけてくれると思うの」

「でも、そんなことをしたら、私は、自分が許せなくなるわ」

「いいこと。大学時代、あたしの代りにノートをとってくれたこともあるし、試験の時、答案を、危険をおかして見せてくれたこともあったじゃないの。その恩返しよ」

と、恵は、いう。

「次元が、違うわ」

と、直子は、いった。

「いいこと。あの時、車を運転してたのは、あたしなの。それは、忘れないでね」

「でも、レンタカーの営業所長への礼状で、コンクリートの電柱に車をぶつけて、めちゃめちゃにしたのは私だと、書いてしまったわ」

「バカね」

と、恵は、いってから、

「いいわ。こうしましょう。あなたは、あたしをかばうつもりで嘘をついた。それで、いきましょう。わかったわね。もし自分がひいたなんていったら、絶交よ」

「――」

直子は、何もいえなくて、黙ってしまった。

電話を切ったが、気持は決らなかった。あの時、スカイラインGTを運転していたのは、自分なのだ。

そして、あの、ガクンというショック。あれは、今でも、鮮明に記憶に残っている。

それを、どうして、友人のせいに出来るだろうか？

ただ、直子が迷ってしまうのは、夫のことがあるからだった。

夫にとって、刑事の仕事は、生甲斐《いきがい》どころか、彼の人生、生き方そのものなのだ。刑事以外の彼を想像することなど、直子には、考えられなかった。

それに、警察官の日常は、厳しく規制されている。

もし、直子がひき逃げで逮捕されることになったら、夫は、辞めるようにいわれる前に、自分から辞表を出してしまうだろう。

それは、夫に、死ねというようなものだ。だから、それだけは、何としてでも防ぐ必要がある。

事が事だけに、夫に相談することも出来なかった。

夫に黙っているのは、辛かった。自然と、沈黙が多くなってしまう。

「どうしたの？」

と、十津川は、心配そうに、直子の顔をのぞき込む。

「君が、そんなふうに黙っているなんて、おかしいよ。身体がどこか、悪いんじゃないのか？」

「ちょっと、頭痛がするの。それだけ」

「駄目だ。すぐ、寝なさい」

と、十津川は、叱るように、いった。

翌日の午後、恐れていることが現実となった。

二人の男が、訪ねて来たのだ。直子は、彼等が刑事だと、すぐわかった。

二人は、警察手帳を見せた。やはり熊本県警の刑事で、大木《おおき》と辻《つじ》と、名乗った。

直子は、居間に通し、固い表情で、

「何のご用でしょうか？」

と、きいた。

この時もまだ、正直に自分が運転していたというべきなのか、恵の好意に甘えるべきなのか、決心がつきかねていた。

年輩らしい大木刑事は、ゆっくりと居間を見廻してから、

「知らなかったんですが、ご主人は本庁の捜査一課の警部と聞いて、びっくりしました」

「ええ」

直子は、短かく肯いて、

「でも、私自身は、主人が何の仕事をしていようと関係ありませんわ」

「それで、今日伺った用件ですが、戸田恵さんをご存知ですね？」

と、大木は、いう。

「ええ。親友です」

「残念なことを、お伝えしなければならないんですが、われわれは、その戸田恵さんを、熊本県下で起きたひき逃げ事件の容疑者として、逮捕せざるを得なくなりましてね」

「それは――」

直子がいいかけると、大木は手で制して、

「わかっています。その時、十津川さんも、彼女と一緒だったというんでしょう？ それは、戸田恵さんから詳しく話を聞いています」

「彼女は、何といってるんです？」

「正直に、全て話して頂きましたよ。お二人で阿蘇へ旅行した。栃木温泉に泊り、五月十二日の夜、レンタカーを飛ばして熊本市内に飲みに行き、その帰りに、国道57号線で人をはねてしまった。その時、車を運転していたのは、戸田恵さんでしたね。あなたにいわれて車をおりたのだが、死体が見つからなかったので、そのまま栃木温泉の旅館に帰ってしまった。その後、原文彦という青年が、自分がはねたと自首して来たので、戸田恵さんは、あれは気のせいだったと自分にいい聞かせたと、いっていますす」

大木は、たんたんと話す。

「それだけですか？」

と、直子はきいた。のどが、渇《かわ》いてきた。

「もう一つ、車のスカイラインGTを、わざとコンクリートの電柱にぶつけて、フロントをこわしたと、いっていました」

「あれは、私がぶつけたんです！」

直子は、叫ぶように、いった。

辻という刑事が、「まあ、まあ」と直子を手で制して、

「戸田恵さんは、そのことについても、こういっていましたよ。きっと、十津川直子さんは、自分が電柱にぶつけたというだろうが、それは、あたしをかばって嘘をついているのだから、絶対に取りあわないでくれ、とですよ」

「これから、どうなるんでしょうか？」

「戸田恵さんは、過失致死容疑で逮捕して、熊本に連行します」

「連行？」

「仕方がありません」

「私は？」

「十津川さんは、最初、共犯かなと思っていたんですが、違うことがわかってほっとしました。これからは、何回か補足の証言をして頂くことがあるかと思いますが、その時は、また伺いますよ。今回の事件では、それだけですむ筈です」

と、大木刑事はいい、「失礼します」といって、同僚の辻刑事と腰を上げた。

6

二人の刑事が帰ったあと、直子は深い溜息をついた。

(このままではいけない)

その言葉が、繰り返し、直子の頭をかけめぐっている。

決心がついて、直子は立ち上った。

直子は、離婚届の用紙を手に入れると、自分の名前を書き、印を押した。

あとは夫が書き込むだけにして、机の上に置いた。

次に、便箋を取り出した。

今回の事件を、東京を出発するところから、細大洩らさず克明《こくめい》に書いていった。

特に、五月十二日の夜、国道57号線で事故を起こした時の模様は、詳しく書いた。

この時は、自分が戸田恵に代って運転していたことは、正直に書いた。

事故について書き記したあと、最後に、これから熊本に行かなければならない理由を書いた。

〈このまま、戸田恵さんをひき逃げの犯人にして、私がのうのうと暮らしていったら、多分、私は、自己嫌悪から自殺してしまうと思います。

だから、私は、これから熊本へ行き、向うの警察に全てを話します。これは、戸田恵さんのためというより、私自身のためなんです。それをわかって下さい。

ただ、私がひき逃げ犯として逮捕されれば、あなたに迷惑をかけることは、間違いありません。刑事の妻が過失致死で逮捕され、前科者になったというのでは、どうしようもありませんものね。

だから、机の上に、離婚届を用意しておきました。すぐ、これを、区役所に届けて下さい。

直子〉

十津川は、その夜、練馬《ねりま》区で起きた殺人事件の捜査のため、おそくなって帰宅した。

妻の直子の姿はなく、代りに置手紙があった。

それに、眼を通す。不思議に驚かなかったのは、旅行から帰って来た直子の様子がおかしいと、思っていたからである。

十津川は離婚届を破り捨てると、亀井《かめい》にだけ、電話で事情を説明し、翌朝、一番の飛行機で熊本に向った。

熊本県警の捜査本部に行き、今回の事件を担当する、倉田《くらた》という警部に会った。

「おいでになると、思っていましたよ」

と、倉田は、いった。

「家内は、どうしています？」

と、十津川は、きいた。

「昨日、こちらに見えて、全てを話して頂きました。さすがに、立派な方ですな。感服しました」

「全てを話したということは、自分が車を運転して、男をひき殺したと認めたということですか？」

「そうです。最初、レンタカーを借りた戸田恵の自供を信じていたのですが、十津川さんの奥さんの話で、その時、運転を交代していたことが、わかりました。戸田恵は、親友のために、自分が罪をかぶる気だったんですね。美しい友情ですが、事実をゆがめることは出来ません」

「検証をさせて頂けませんか」

と、十津川は、頼んだ。

「検証――ですか？」

「被害者の上衣に、くっきりとタイヤの痕がついていて、それが、家内たちがレンタルしたスカイラインGTのタイヤ痕だというわけでしょう。それを、見せて頂きたいのですよ」

「それなら、どうぞ」

倉田は、十津川を、別室に案内した。テーブルが並べられ、その上に、被害者伊知地の背広や、腕時計、財布などが置かれている。

その上衣には、確かに、くっきりと車のタイヤの痕がついていた。

「こちらが、問題の車のタイヤです」

と、倉田は、部屋の隅にあった一本のタイヤを運んで来て、テーブルの上に置いた。

「前輪右のタイヤです。ぴったりと一致しています」

「家内の運転するスカイラインGTが、まず、ひき、次に、他の車がはねたということですね？」

「そう見ています」

「その車のタイヤ痕は、ついていませんね？」

「いや、かすかについています」

と、倉田は、その部分を指さしてから、

「こちらは、ひいたのではなく、はねましたから、はっきりした痕は一ケ所にしかついていません」

「おかしいな」

「何がですか？」

「スカイラインGTがひいて、死なせたわけでしょう？　死んだのであれば、道路に横たわっていたと思いますね。そうなら、また、ひくんじゃありませんか？　はね飛ばすというのは、おかしいと思いますが」

と、十津川は、いった。

「その点、われわれも不思議に思いました。死体を解剖したところ、胃の中から、多量のアルコール分が見つかりました。多分、彼は、酔っ払って道路に俯《うつぶ》せに寝てしまったのではないか。そこをスカイラインGTにひかれたと、考えました。死因が、胸部圧迫ということが、それを示しています。その直後、身体がエビのように硬直したのではないか。くの字型に、曲った。そこで、次の車がはね飛ばした。それで、横腹に、その車のタイヤ痕がついた。そう解釈したわけです。医者も、合理的な解釈だといっています」

「なるほど」

「道路自体が暗いですから、道路脇の水田は、なお暗い。それで、翌朝まで発見されなかったんだと思っています」

「家内と戸田恵さんは、ひいた直後、車から降りて懐中電灯をつけて調べたが、死体は見つからなかったと、書いているんですが」

「その点は、十津川さんの奥さんに、何回も聞いてみました。奥さんは、確かに、車から降りて二人で調べたが、今から考えると、気が動転していたし怖かったので、じっくり調べたとは思えないというのです。それに、小さな懐中電灯ですから、明るさもタカが知れています。見落したとしても、おかしくは、ありません」

と、倉田は、いった。

十津川は、県警のパトカーに乗せて貰って、国道57号線の現場に出かけた。昼間なので、夜の暗さはわからない。ただ、直子が、急ブレーキをかけた時のブレーキ痕は、ついている。

道路脇の水田も、のぞき込んだ。すでに、苗がかなり育って、青々として見える。被害者がはね飛ばされて落ちたあたりは、苗が倒れて、人が落ちた痕が、穴になっている。

そこを、十津川は、何枚かデジタルカメラで撮ってから、次に、直子が泊った、栃木温泉の旅館に向った。

旅館で、話を聞く。

「熊本市内に飲みに行かれて、帰って来られてからは、どうも、様子が変でしたね。普通、お休みになる前に温泉に入られるんですが、そんなご様子もありませんでした」

と、仲居が、いう。

駐車場の係の若い男は、こう、いった。

「スカイラインGTですが、事故を起こしたとは気付きませんでした。フロントが、こわれていませんでしたからね。あとで、はねたのではなく、寝ている男の人の上に乗りあげたんだと聞いて、それでかと納得したんですが」

「フロント部分が、こわれていなかった？」

「ええ。もちろん、詳しく調べれば、多少の破損はあったとは思いますが、その時は、事故のことはぜんぜん知りませんでしたから」

と、相手は、いった。

今となっては、その時の車の状態がどんなだったかは、わからない。何しろ、事故車であることをかくすために、戸田恵が、わざとコンクリートの電柱に車をぶつけて、フロントをめちゃくちゃにしてしまったからである。

十津川は、同じ旅館に泊り、デジタルカメラで撮った事故現場の写真を見直した。

午後十時を過ぎると、タクシーを呼んで貰い、現場まで行ってみた。

そこで、車から降りてみる。

なるほど、街灯はなく、真っ暗である。車のライトが、唯一の明りである。

「夜、熊本市内まで飲みに行くのなら、この道をよく知ってる地元のタクシーを呼んだ方がいいね。素人《しろうと》が、レンタカーで行ったの？　よく、田んぼに突っ込まなかったねえ」

タクシーの運転手は、そういって、笑った。

だが、直子は友人と、レンタカーで熊本市内まで飲みに行ったのだ。そして、事故を起こした。

十津川は、タクシーに熊本市内まで行って貰い、二人が飲んだという店を訪ねた。

店のママに、会う。

「戸田恵さんとは、高校時代のお友だちだそうですね？」

十津川がきくと、ママはニッコリして、

「そうなんですよ。高校時代の親友です」

「卒業後も、よく会っているんですか？」

「いいえ。あたしがこっちへ来てからは、めったに会えません。先日は、三年ぶりかしら」

「戸田さんが栃木温泉に来ていることは、どうして知っていたんですか？」

「どうしてって、彼女が、五月十二日に栃木温泉へ友だちと行くことになった。時間があれば熊本市内のこの店へ飲みに行くと、いってくれたんですよ。前日の午後でしたかしら。電話でね」

「それで、電話した？」

「ええ。午後七時頃、電話してくれれば、行けるかどうかわかるからって」

「彼女、携帯電話を持っていましたか？　この店へ来た時ですが」

「確か、持っていましたよ」

と、ママは、いう。

「その携帯を、使いました？」

「ええ。帰る時間を旅館に知らせるといって、店の外で電話していましたけど」

「店の外で？」

「ええ。他のお客に、気を使ったんだと思いますわ」

「そのあと、すぐ帰ったんですね？」

「ええ」

と、ママは、肯く。

「店の外で電話していたのは、どのくらいですか？　何分くらいですか？」

と、十津川は、きいた。

「さあ。何分くらいだったかしら。なかなか、かからなかったといってましたけど」

と、ママは、いった。

十津川は、最後に、死んだ伊知地が泊っていた、栃木温泉の旅館に向った。

直子たちが泊っていた旅館とは、百メートルと離れていなかった。

女将《おかみ》と仲居に会って、伊知地の話を聞いた。

女将は、こんなことになって当惑していますといった。

「ひとりで、伊知地さんは、来たんですね？」

「そうです。おひとりでした」

「前に見えたことは？」

「ありませんわ」

と、女将は、いう。

次に、仲居が、十津川の質問に答えた。

「夕食のあと、お酒を飲みながら、電話をお待ちになっているようでした」

「電話？」

「はい。携帯電話を、ちらちら見ていらっしゃいましたから」

「自分の方からはかけなかったんですか？」

「それは、わかりません。ずっと、お傍《そば》にいたわけじゃありませんから」

と、仲居は、いう。

「夜、出かけたわけですね？」

「迎えの車が来たんです」

「何時頃です」

「十時頃だったと思います。急に、階下《した》におりていらっしゃったんです。丁度、玄関の所でお会いしたんで、お出かけですかと聞いたら、迎えの車が来たので熊本市内で飲んで来るとおっしゃって、お出かけになったんです」

「その車を見ましたか？」

「ちらっとだけですけど、道路の向う側に、とまっていました」

「なぜ、玄関に横付けしなかったんですかね？」

「それはわかりませんけど、黒っぽい車でした。それに乗って、お出かけになったんです」

「その車に乗っていたのは、男ですか？　それとも、女？」

「わかりません。道路の向う側でしたから」

「その時、伊知地さんは、携帯電話を持って外出したんですか？」

「ええ。部屋には、ありませんでしたから」

と、仲居は、いった。

何かが、わかったような気もした。が、それが、また消えていくような気もした。死んだ伊知地という男については、新聞にものっていた。元ホストで、人気があり、死亡時はクラブの経営者だった。華やかな人生を送って来た人間といえるだろう。

7

十津川は、旅館に戻ると、東京の亀井刑事に電話をかけた。

「伊知地という男について、調べて欲しい。阿蘇で、車にひかれて死んだ男だ」

「わかりました。警部は、大丈夫ですか？」

「大丈夫だよ」

とだけ、十津川はいい、短かい電話を終えた。

翌日、十津川は、再び熊本市内の捜査本部に顔を出した。

留置されている直子に会いたかったが、今は我慢することにした。自分なりの結論を見つけてから、会いたかったのだ。

中庭には、フロント部分に傷のついた車がとめてあった。白のトヨタのライトバンだった。

「あれが、原文彦の車ですね？」

と、十津川は、倉田に、きいた。

「今日中に、彼が取りに来ることになっています。彼の無罪が、証明されたので」

と、倉田はいい、眼を動かして、

「来たようです」

二十代の男が歩いて来て、倉田に「お世話になりました」とあいさつし、問題の車に乗り込んだ。

それを見て、十津川は、とっさに倉田に「失礼します」といって、トヨタのライトバンの助手席に飛び込んだ。

エンジンをかけたまま、原はびっくりして十津川を見た。

「何するんだ！」

「君に聞きたいことがある。車を走らせながら、話したい」

十津川は、警察手帳を相手に示して、いった。

原は、車をスタートさせた。

「何処へ行くんです？」

「適当に走らせたらいい。いや、国道57号線を、阿蘇に向って走って貰いたい」

と、十津川は、いった。

原は、肯き、市内を抜けて、国道57号線を阿蘇に向った。

十津川は、じっと黙っている。原の方が、我慢しきれなくなったように、

「おれに、何を聞きたいんです？」

「君が、この車で、伊知地をはね飛ばしたんだね？」

「そう思って、自首して出たんですよ。ところが、死体をはねたとわかって、こうして釈放です。良かったと、思ってますよ。弁護士先生と警察に、感謝しなきゃあね」

「死体をはねた時だが、どのくらいのスピードを出していたんだ？」

「八十キロは出ていたと思いますね。夜中で、交通量が少かったから」

「じゃあ、八十キロで、死体をはね飛ばしたんだな？」

「そういうことですけど、いっておきますが、あくまでも死体ですよ」

「どのくらい、すっ飛んだんだ？」

「十メートルは、飛んだんじゃないかな。すぐ、はねたなってわかったんだけど、怖くて逃げたんです」

「十メートルね」

十津川は肯いたが、それきり黙ってしまった。

事故現場に、着いた。

「降りてくれ」

と、十津川は、いった。

二人は、車から降りる。十津川は、道路の端まで歩いて行き、水田に眼をおとした。

「ここに、伊知地の死体が落ちていた。水田に、凹《くぼ》みが出来ていた」

「そうですよ。ここまで、飛んだんだ」

と、原も、いった。

「おかしいとは、思わないか？」

「何がです？」

「道路に、タイヤの痕が見えるだろう。急ブレーキの痕だ」

「おれのじゃありませんよ。あれは、真犯人がひき殺して、あわてて急ブレーキをかけたんだ。おれは、そのまま逃げちゃったから」

「そうだ。あれは、私の家内がひいたと思って、あわてて急ブレーキをかけた、その痕だ」

「やっぱり、あんたの奥さん？　奥さんを助けようと思ったって、無理だよ。おれが先にはねたら、死体はその時点で水田に落ちてしまって、奥さんの車はひくことは出来ない。あんたの奥さんが、まずひき殺して、そのあと、おれがはねて、初めて二つの事故が成り立つんだからな」

「そんなことを、いってるんじゃない。あの急ブレーキの痕が、何処から始まっているか、しっかり見るんだ。この水田の凹みと、ほとんど並行の位置だ。家内は、あの急ブレーキの痕が始まる直前で、ひいたことになる。そうだろう？　そのあと君は、死体をはねたという。十メートルは飛んだといったが、一メートルも飛んでいないじゃないか。どうなんだ？」

十津川が、きく。

初めて、原の顔に、動揺の色が浮んだ。

「そんなこと、おれは知らないよ。おれは、事実をいっただけなんだから」

「そこに、立っていてくれ」

「何です？」

「そこに、立っているんだ！」

十津川は強い口調でいい、水田の縁に立たせると、自分は急ブレーキの痕の端まで歩いて行き、そこから、原に平行の視線で、デジタルカメラで写真を何枚も撮った。

8

翌日、十津川は、もう一度、県警の捜査本部に足を運び、改めて、伊知地の背広、特に上衣を見せて貰った。

裏を返して、用意してきた虫メガネで調べ始めた。

倉田警部が、変な顔をして、

「上衣の表にひかれた時のタイヤ痕がついてるんで、裏は意味がありませんよ」

「それは、わかっています」

「裏に泥がついているのは、水田に落ちたからです」

「それも、わかっています」

と、十津川は、なおも虫メガネで見ていたが、やがて、糸クズみたいなものをつまみあげた。

「ワラですね」

「ワラ？」

「落下した水田は、まだ青々としているから、ワラがつく筈はない」

「そうですよ。おかしいな。何処で、ついたんだろう？」

と、倉田は、首をひねる。

「伊知地は、元ナンバーワンホストで、洒落《しゃれ》たクラブのオーナーでした。汚れた下着を身につけている筈がありません」

「そうです。ワイシャツも、純白の絹でした」

「だが、このワラが、上衣の裏についていました。もう一本、袖の裏側にもついています」

十津川は、それをつまみあげて、倉田に見せた。

「おかしいな」

と、倉田は、繰り返している。

「こちらでも、ビニール袋にきちんと入れて保管していますから、ワラが、二本も付着する筈がないんです」

「死んだ伊知地ですが、五月十二日、泊っていた栃木温泉の旅館から、誰かに呼び出され、午後十時頃、迎えの車で外出しています」

「それは、私も調べましたよ。これが、殺人事件なら重視しなければならないことだと思います。しかし、今回の事件は、事故なんです。それとも、十津川さんの奥さんと死んだ伊知地とは、知り合いですか？」

「いや。それは、ありません」

「それなら、伊知地が、当日どんな行動をとっていても、関係はないんじゃありませんか？　とにかく彼は、泥酔して国道57号線上で眠ってしまい、たまたま、十津川さんの奥さんの運転するスカイラインＧＴが、ひいてしまったんです。それだけの話です」

と、倉田は、いった。

「家内が犯人でなかったら、どういうことになりますかね？」

「お気持はわかりますが、奥さんは自分で出頭して来られて、五月十二日の夜、国道57号線で人をひいたと、いわれたんですよ。それでも十津川さんは、奥さんを犯人ではないと、いわれるんですか？」

「全てが、企《たくら》まれたことではないかと、思っているんですよ」

と、十津川は、いった。

「誰が、何を企んだというのですか？」

「また明日来ますが、その時には、何かわかっていると思います。それで、お願いがあるのですが」

「どんなことですか？」

「原文彦という男のことを、調べて欲しいのですよ」

「調べましたよ」

「しかし、事故を起こした犯人でないことになってからは、捜査は中止しているでしょう？」

「それは、まあ、意味がありませんから」

「そこを、もう一度、捜査して欲しいのです。特に最近の彼の経済状態です。それに交友関係」

と、十津川は、いった。

「調べておきますが――」

倉田は、ぶぜんとした顔で、いった。

十津川は、彼が何を考えているか、手に取るようにわかった。

(本庁の警部か何か知らないが、自分の女房がひき逃げ犯となったので、やみくもに無罪にしようとしているが、そうはいくものか)

だが、十津川は別に、そのことに腹は立たなかった。

十津川が逆の立場でも、多分、同じことを考えたに違いないからである。

翌日、夕方になってから、十津川は、四度《たび》、捜査本部を訪ねた。

今日は、十津川は、微笑していた。

「昨日から今日にかけて、いろいろなことがわかりました」

と、まず、倉田に、いった。

「何が、わかったんですか？」

倉田が、眉をひそめて、きいた。

「死んだ伊知地という男について、警視庁にいる刑事に、調べて貰いました。それによると、伊知地は、六本木で高級クラブをやっていましたが、放漫経営がたたってピンチになっていました。伊知地のぜいたく過ぎる生活が、その原因です。そこで、何を考えたか。元ナンバーワンホストの伊知地は、女をたらし込んで、金を手に入れることを考えたと思われます。それで狙われたのは、ひと廻り以上年上の男と再婚した、戸田恵だったのです。資産家の男と再婚した戸田恵は、夫の優しさをいいことに、伊知地の店へ来て、よく遊んでいたようです。そこで、伊知地は、彼女に金を要求し、ノーといえば全て彼女の夫にバラすと脅したのです」

「それで、どうなったんですか？」

「彼女は、ここまで来て、今の生活を失うことに、恐怖を感じたのだと思いますね。浮気を咎《とが》められて離婚されたら、無一文で放り出されてしまうことになります。といって、伊知地の要求にも応じられない。そこで、伊知地を殺すことを考えたわけです。東京で殺したのでは、自分が疑われる。そこで、友人がクラブのママをやっている熊本を、犯行の現場に選んだのです」

「――」

倉田は、まだ半信半疑の表情で、聞いている感じだった。

「彼女は、人目につきたくないから、旅先の、九州の阿蘇の栃木温泉で金を渡すと、伊知地に持ちかけたに違いありません。彼にしてみれば、のどから手が出るほど欲しい金だから、一も二もなく同意して、一人で栃木温泉にやって来ます。そして、彼女の連絡を待ちます。一方、彼女は、伊知地を殺してくれる人間を金で傭います。一人は多分、原文彦で、もう一人は女だと思いますね。金で、何でも引き受ける若いカップルだと思います。そうしておいて、戸田恵は、私の家内を誘って阿蘇へ旅行に出かけました。そして、計画に従って行動したのです。レンタカーを借りて、五月十二日の夜、熊本市内に飲みに出かける。午後十時に、彼女は、栃木温泉にいる伊知地に携帯で電話し、これから迎えの車を行かせるから、それに乗ってくれといった。もちろん、自分たちの泊っている旅館にも、これから帰ると電話しました」

「――」

「原と女は、計画に従って、伊知地を迎えに行き、車に乗せて立野まで連れて行ってから、クロロフォルムでも嗅がせて気絶させ、多分、鈍器で、胸を何度も強打して殺してしまったのです。その前に、多量のアルコールを、伊知地の胃袋に流し込んだと思います。そのあとが、この計画の白眉《はくび》です。二人は、伊知地の背広を脱《ぬ》がせ、用意しておいたワラ人形に着せて道路に寝かせ、それをひかせることを考えたわけです」

「どうして、そんな面倒なことをするんです。そのまま、伊知地の死体を道路に寝かせておいて、ひかせればいいじゃないですか？」

「それは、二つの点で危険です。第一、私の家内が運転して来て、死体に気付いて寸前でとまってしまったら、殺人事件の捜査が開始されてしまう。もう一つの危険は、ひいたとしても、死体を見たら、家内はすぐ一一〇番しますよ。そうなれば、その時、同じ車に乗っていた戸田恵と、ひかれた伊知地の関係も調べられる。だから、間にクッションを置き、まず、原文彦が自首する必要があったんですよ」

「何となくわかりますが――」

「二人は、ワラ人形にヒモをつけておいたと思います。道路の端の暗がりにかくれて、そのヒモを持っていた。一方、戸田恵と私の家内は、スカイラインGTを運転して帰路に就く。立野に近づいたところで、運転を交代し、私の家内が運転します。原と女は、じっと、その車が近づくのを待つ。他の車が先に来たら、ヒモを引いてかわしてしまえばいい。そして、問題の車が来たら、直前にワラ人形を道路に引出す。私の家内は避けることも出来ず、ワラ人形をひいてしまう。ところが、あわてて急ブレーキをかけ、車から降りたが、死体は見つからない。原たちが、ヒモを引いて、ワラ人形をかくしてしまったからです。私の家内と戸田恵は、旅館に戻る。次の日、原は、人をはねたといって出頭する。彼と死んだ伊知地とは何の関係もないから、単なる交通事故と思われる。そして、弁護士が現われ、原は死体をはねたので無実だということになる。あとは、予定通りです。ひき殺して逃げていたということで、私の家内は逮捕される。原というクッションがあったので、戸田恵と伊知地の関係は、誰も調べない」

　十津川の説明が終ったあと、しばらく倉田は黙っていたが、やがて重い口を開いて、

「原文彦のことを調べましたよ。品田《しなだ》ユカという二十歳の彼女がいます。二人とも金に困っていたが、釈放されたあと、急に金廻りが良くなりました」

＊

「離婚届けは、破ったよ」

「ありがとう。でも、いまだに信じられないわ。彼女は、必死になって、私をかばってくれたのよ。運転していたのは自分だと、嘘をついて。なぜ、私をかばってくれたのかしら？」

「簡単な心理学の応用さ。君という人間は、かばってくれればくれるほど、逆に、本当のことを口にして、自首したくなる。その上、かばってくれた彼女を、全く疑わなくなる」

「つまり、私がお人好しということね？」

「そうだな。私は、そんな君の人の好いところが、好きなんだ」

小さな駅の大きな事件

1

二両連結の赤い気動車が、その駅に停車した。

畑の真ん中に、ぽつんと、小さなホームがある。ホームは短かく、駅員の姿もない。

中年の男の乗客が、一人だけ降り、列車は、ごとごとと、走り去ってしまった。

五月中旬だが、降り注ぐ太陽は、真夏のそれのように、ぎらついていた。

男は、小さなトランクケースを、右手に下げたまま、ホームに立って、周囲を見廻した。

コンクリートのホームにまで、雑草が生《は》えている。ひょろひょろと伸びる単線のレールは、ひどく、頼りなく見える。

ホームには、屋根付きのベンチがあるが、四人も座れば、一杯になってしまいそうな長さである。

男は、腕時計を見、それから、落ち着かない顔で、駅のホームを、行ったり来たりしはじめた。

ホームの端には、「日本最南端の駅・北緯三十一度十一分」と書かれた標識が、立っている。

その向うに、さつまいも畑が広がり、更《さら》にその向うには、薩摩富士《さつまふじ》と呼ばれる開聞岳《かいもんだけ》が、優雅な景色を見せていた。

しかし、男は、そんな景色に、見とれるでもなく、また、腕時計に眼をやり、軽く、舌打ちをした。

むっとする暑さである。

男は、屋根の下に入り、ベンチに腰を下して、ハンカチで、汗を拭《ぬぐ》った。

だが、またすぐ、立ち上って、周囲を見廻した。

煙草に火をつける。

男の眼が、急に、光った。

「遅いじゃないか」

と、男が、いった瞬間だった。突然、周囲の静けさを破って、銃声が、轟《とどろ》いた。

ホームにいた男の身体が、ぐらりとゆれて、口にくわえた煙草が、飛んだ。

トランクケースが、線路に落ち、男の身体が、その場に、崩れ折れた。

もう一度、銃声がして、それっきり、静かになった。午後二時十六分である。

2

ホームに倒れている男の死体を発見したのは、上りの列車の運転士だった。

一三時五一分枕崎《まくらざき》発の普通列車は、一四時四六分に、西大山《にしおおやま》駅に着いて、運転士が、死体を見つけて、連絡したのである。

指宿《いぶすき》署から、すぐ、パトカーが、駆けつけた。

指宿から、十二、三分の距離である。

男は、胸に一発、顔に一発、弾丸を受けていた。

原田《はらだ》刑事が、眉をひそめたのは、弾丸が命中して、顔の一部が、砕《くだ》けてしまっていたからである。

（とどめを刺したのか）

と、原田は、思った。

犯人は、まず、胸に一発射っておき、男が倒れたあと、顔に向けて、二発目を射ったらしい。

男は、夏物の背広を着ていた。

上衣《うわぎ》には、「加倉井」のネームが入っている。

内ポケットからは、十七万円入りの財布と、運転免許証が、出て来た。

運転免許証によれば、被害者の名前は、加倉井肇《かくらいはじめ》。五十二歳。住所は、東京である。

原田は、指宿署に戻ると、東京警視庁に加倉井肇についての調査協力を、要請した。

いつもの通りの協力要請である。

しかし、それを受けた警視庁捜査一課の十津川《とつがわ》警部は、強いショックを受けた。

殺された加倉井肇を、知っていたからである。

十津川は、本多《ほんだ》一課長に会うと、

「これは、あの加倉井さんでしょうか？」

と、きいた。

「それを、私も、考えていたんだよ。顔立ちや、背格好からみると、どうやら、加倉井君だと思わざるを得ないね。しかし、彼が、なぜ、そんな所に行ったのか、全く、わからん」

本多は、首を振った。

加倉井肇は、警視庁捜査一課の刑事である。

いや、刑事だったというべきだろう。とにかく、鹿児島の小さな駅で、死んでしまったのだ。

五十二歳で、まだ平《ひら》刑事で、それが、一つの名物になっているような刑事だった。

偏屈《へんくつ》で、他の刑事たちから、何となく、敬遠されてもいた男である。

事件の時も、やたらに、単独行動を取りたがった。

それが、成功した時はいいが、失敗した場合は、全体の統一が取れなくなるのである。

自然に、単独行動でいいような事件に、廻されていた。

「とにかく、君は、明朝早く鹿児島へ行って、確認して来て貰いたい」

と、本多は、十津川に、いった。

十津川と、亀井《かめい》は、羽田空港へ急いだ。

午前九時三〇分発の全日空６２３便に、乗った。

「本当に、加倉井さんなんでしょうか？」

と、亀井も、半信半疑の顔で、十津川にきく。

ボーイング７４７ＳＲの機内は、八割ほどの客だった。

「恐らくね」

と、十津川は、いった。

「課長は、何といってるんですか？　九州で死んだことについて」

「わけがわからんと、いっていたよ」

「加倉井さんは、鹿児島の生れでしたか？」

「昨夜、ちょっと調べてみたんだが、加倉井さんの故郷は、福井《ふくい》だ」

「奥さんは――」

と、いいかけてから、亀井は、ぶぜんとした顔になって、

「別れたんでしたね」

「うん。一年前に、別れている。娘さんがいたんだが、奥さんが引き取っているよ」

「奥さんに、会われたことがありますか？」

「一度だけね。もう一度、会うことになると思うがね」

と、十津川は、いった。

別れた原因も、多分に、加倉井の方にあると、十津川は、聞いていた。

約二時間で、鹿児島空港に着いた。

地方の空港にしては、大型ジェット機の発着が可能で、設備のととのった立派な空港である。

空港の到着口に、鹿児島県警の伊東《いとう》警部が、迎えに来てくれていた。
三十五、六歳の若い警部である。
「遺体は、指宿署にあります」

と、伊東は、十津川たちを、パトカーに案内しながら、いった。

「では、まっすぐ、指宿署へ行ってください」

った。

十津川と亀井が乗ったパトカーは、海沿いに伸びる国道226号線を、南下して行った。

と、十津川は、いった。

指宿枕崎線のレールが、平行して、走っている。

途中の「喜入《きいれ》」では、巨大な、石油の備蓄基地を見ることが出来た。

しばらくの間、噴煙を吐く桜島が見えていたが、視界から消えたと思うと、車は、指宿の町に入っていた。

東洋のハワイといわれる指宿には、ホテルや旅館が、林立していて、年間の観光客の多さが、わかるような気がした。

指宿署に着くと、十津川と、亀井は、すぐ、遺体を、見せて貰った。

白布をどけると、やはり、あの加倉井刑事だった。

弾丸は、二発、当っていた。

胸に一発、そして、眉間《みけん》に一発である。眉間に命中しているため、顔が、ゆがんでしまっているように見えた。

「犯人は、まず、胸を射ち、そのあと、止《とど》めを刺す感じで、顔を射ったのではないか、と、思いますね」

と、伊東警部が、いった。

「ひどいものですね」

亀井は、顔をそむけて、小声で、いった。

「止めを刺したか」

「相手は、プロでしょうか？」

「それとも、余程、加倉井さんを、憎んでいたかだろうね」

と、十津川は、いった。

伊東警部は、昨日から、今日までの間に、わかったことを、話してくれた。

加倉井が、死んでいるのを発見した列車の運転士は、特に、何もなかったと証言したが、彼が、乗ったと思われる列車の車掌は、彼が、茶色のケースを、持っていたと、証言している。

「これが、それとよく似ていると、いわれるものです」

と、伊東は、いった。

茶色いケースだった。厚さ十センチくらい。縦三十センチ、横六十センチくらいの小さなケースだった。

「これが、失《な》くなっていたわけですか？」

十津川は、それを、手に持ってみた。

加倉井刑事は、これに、何を入れて、持っていたのだろうか？

「射たれるところを、目撃した人間はいないんですか？」

と、十津川は、きいた。

「それが、まだ、見つかっていません」

「しかし駅のホームに、いたわけでしょう？」

「行かれると、わかりますが、無人駅で、周囲には、ほとんど、人家がありませんから」

と、伊東は、いった。

3

十津川と、亀井は、わざと、二人だけで、指宿駅に向った。

泉都《せんと》指宿の玄関だけに、指宿駅は、ローカル線には珍しく、ホテルのような豪華な構えだった。

しかし、やって来たのは、二両編成の小さな気動車である。

丁度、加倉井が、乗ったと同じ、西鹿児島発一二時三二分の列車に、乗ることが、出来た。

夏休みになれば、海水浴客で、一杯になるのだろうが、今日は、まだ、ガラガラだった。

西大山駅は、指宿から三つ目の駅である。

指宿の駅とは、比べようもないほど、小さな無人駅だった。

十津川と、亀井が、降りると、列車は、ごとごとと、走り去ってしまった。

午後の二時過ぎで、南の国の太陽が、降り注いでいた。

「本当に、何もないところですね」

と、亀井が、呟《つぶ》やいた。

雑草が、生い茂ったホーム。その周囲は、さつまいも畑である。

遠くに、薩摩富士と呼ばれる開聞岳が、見える。わずか九百メートルの高さだが、周囲が、平坦な畑なので、高く見える。

さつまいも畑は、この時間のせいか、人の姿は見えなかった。

コンクリートのホームには、県警の刑事が、描いたものだろう、白いチョークで、人の形が出来ていた。

線路にも、雑草が、生い茂っている。

「確かに、目撃者がいなかったというのも、肯《うなず》けますね」

と、亀井が、いう。

「犯人は、加倉井さんと、顔見知りだったんじゃないかねえ」

十津川は、ホームのベンチに、腰を下してから、亀井にいった。

「同感です。加倉井さんは、胸を射たれています。心臓に命中していることから考えて、かなり、近くから射ったものと思います。犯人は、無警戒な加倉井さんを、射ったんだと、思いますね」

「問題は、何しに、加倉井さんが、ここへ来たかということだがね」

十津川は、煙草に火をつけて、考え込んだ。

亀井も、その横に、腰を下した。

「加倉井さんは、何か、事件を担当していたんですか？」

「それなんだがね。彼は、三日前から、休暇を、とっていたんだ」

「では、私用で、ここへ来ていたことになりますか？」

「そうなるんだが」

十津川は、あいまいないい方をした。

「違うんですか？」

「わからないが、加倉井さんは、有名な仕事好きだからねえ」

「しかし、ここには、何もないみたいですね」

と、亀井が、いった。

延々と広がるさつまいも畑。まさか、それを見るために、ここに、来たわけではないだろう。第一、それなら、射たれたりは、しないだろう。

十津川は、立ち上って、もう一度、ホームに描かれた人形《ひとがた》を、見た。

実際に、そこに、倒れてみる。

「犯人は、線路の反対側から、近づいて来た感じだね」

と、十津川は、いった。

「同じ列車からは、加倉井さん以外はおりなかったんですね？」

「ああ、車掌が、そう証言している」

「となると、犯人は、車で、やって来たことになりますが」

「加倉井さんを、ここへ呼び出しておいて、射殺したか」

「射殺するというのは、余程のことですよ」

「そうだな」

と、十津川は、眉をひそめて、肯いた。

指宿署へ戻ると、加倉井の娘のみや子が、海を見つめていた。

二十一歳で、東京の女子大生である。

十津川も、二度ほど、会っていた。

「母は、来たくないというので、私一人が来たんです」

と、みや子は、いった。

「お父さんとは？」

「今、見てきました」

と、十津川は、きいた。

「お父さんのことを、きいてもいいかな？」

「ええ」

「お父さんが、鹿児島へ来ていることは、知っていましたか？」

「いいえ。だから、知らせを受けて、びっくりしてしまって——」

「お父さんは、三日前、五月十一日から休暇を取っているんですが、知っていましたか？」

と、十津川は、きいた。

「それは知りませんけど、確か、九日に、電話がありましたわ」

「どんな電話でした？」

「ひどく、張り切っていて、大きな仕事をやることになったと、いっていましたけど」

と、みや子が、いう。

「それ、本当ですか？」

十津川は、自然に、彼女の顔を見直していた。

「ええ、本当ですわ」

「大きな仕事をやることになったと、いったんですね？」

「ええ。最近、父は、仕事のことで、悩んでいるみたいだったんです。それで、九日の電話で、ほっとしたんですけど、こんなことになってしまって――」

みや子は、急に、悲しげな顔になった。

「大きな仕事について、具体的なことは、いわなかったんですか？」

と、亀井が、きいた。

「ええ。父は、仕事のことは、あまり、いわない方でしたから。そんな父が、わざわざいったので、余程、嬉しかったんだなと、思っていましたわ」

「そのあと、何の連絡もなかったんですか？」

「ええ」

「お父さんの所持品は、見られました？」

「ええ。見せて、頂きました」

「何か、失くなっているものは、ありませんでしたか？」

十津川が、きくと、みや子は、いやいやするように、首を振って、

「父と別れてから、電話は、時々、ありましたけど、会ってはいないので、わからないんです。ただ、腕時計が――」

「なかったんですか？」

「いいえ。高いものなので、びっくりしました」

「どんな腕時計でしたかね？」

「オメガの高いものでした。父には、どうも、似合っていない気がして」

と、みや子は、いった。

そういえば、加倉井は、身なりに構わない男だったし、ブランド物を、馬鹿にしているところがあった。

「いつもは、国産時計だったですか？」

と、亀井が、きいた。

「ええ。外国時計なんかには縁のない父だったんですけど」

「いくらぐらいするものですかね？」

「わかりませんけど、二、三十万円は、する筈《はず》だと思いますわ」

と、みや子は、いった。

十津川は、その腕時計を、見せて貰った。

オメガのチタン製の腕時計である。確かに二、三十万円はするだろう。

加倉井は、急に、ブランド志向になったのだろうか？

その夜、本多一課長から、電話が、かかった。

「そうですが、射殺ですからね。余程のことが、あったんじゃないかと、思えるんです」

「しかし、鹿児島県警の事件だよ。それに休暇中に、殺されたんだ」

と、十津川は、いった。

「こちらで、少しこの事件を調べてみたいんですが」

と、本多は、いった。

「すぐ、帰って来たまえ」

「いいから、すぐ、戻って来たまえ。こっちでも、事件が、起きてるんだよ！」

本多は、いつになく、いらだちを見せて、電話の向うで、怒鳴った。

「わかりました」

と、十津川は、いったが、何か、胸に、つっかえるものが、残った。

亀井も、同じだったとみえて、

「おかしいですね。いつもの本多課長らしくありませんよ」

と、いった。

「何かありそうだね」

「どうしますか？」

「命令だから、すぐ、帰京するより仕方ないが、私は、東京に戻ってからも、加倉井さんのことを、調べてみたいんだ」

「私もです」

「加倉井さんが、何故、ここへ来たか、その理由がわかればねえ」

と、十津川は、いった。

翌朝、十津川と、亀井は、午前九時二五分鹿児島発の全日空機で、東京に、帰ることにした。

東京は、雨だった。

十津川は、すぐには、警視庁に戻らず、加倉井のマンションに、寄ることにした。

タクシーに乗ってから、運転手に向って、

「四谷三丁目」

と、十津川が、いうと、亀井が、心配して、

「構いませんか？」

「いいだろう。警視庁へ戻るまでは、自由に動いていいと思っている」

十津川は、珍しく、難しい顔で、いった。

加倉井が、住んでいたのは、四谷三丁目の古びたマンションである。

十津川は、一度だけ、遊びに寄ったことがあったが、1DKの狭い部屋だったのを覚えている。

「別れたといっても、娘は別ですからね。時々送金しているんですよ」

と、加倉井は、いっていた。

マンションに着くと、十津川は、管理人に断って、五階の加倉井の部屋に、あがって行った。

「あの加倉井さんが、亡くなったと知って、びっくりしましたよ。おれは、不死身だって、いつも自慢なさっていましたからねえ」

と、管理人は、眼をぱちぱちさせた。不死身だという言葉は、十津川も、加倉井本人から聞かされたことがある。

「おれは、不死身でね」

と、いうのが、彼の口癖でもあったからだ。

殺人犯に立ち向って行く時も、加倉井は、若い刑事よりも、先に突進して行った。危いからと、止めても、駄目だった。

本気で、自分は、不死身だと、信じていたのかも知れない。

「気合いだよ。気合いで、相手を圧倒すれば、向うが、拳銃を持ってたって、大丈夫だ」

と、加倉井は、よく、若い刑事に、いっていたのを、十津川は、知っている。

それが、あっけなく、死んでしまった。

亀井が、五〇三号室のドアのノブに、手をかけた。

鍵が、かかっているだろうから、管理人に、開けて貰おうと思ったのだが、

「開いていますよ」

と、亀井が、いった。

「開いてる？」

十津川が、眉をひそめ、亀井は、中に入ってみた。

男やもめという言葉が、ぴったりする感じの、がらんとした部屋なのだが、ひと目見て、荒らされていると、十津川は、わかった。

小さな本箱は、本が何冊か落ち、押入れも、開けたままになっている。

「誰かが、調べたみたいですね」

と、亀井が、いった。

「彼は、意外に、きちんとしていたからね。こんなにして、旅行に行く筈はないんだ」

と、十津川は、いった。

「誰が、何のために、こんなことをしたんですかね？」

「多分、加倉井さんを、鹿児島で、殺した人間だろうね」

と、十津川は、いった。

「盗みということは、考えられませんか？」

「盗まれるようなものは、なかったんじゃないかな」

と、十津川は、いった。

「しかし、腕時計のことがありますが――」

「ああ、オメガの時計か」

十津川は、加倉井に、似合わない腕時計のことを、思い出した。

二人は、部屋の中を、調べてみた。

「預金通帳がありましたよ」

と、亀井が、机の引出しにあったものを、ひらひらさせた。

加倉井名義の通帳だが、毎月の給料が入金され、その中から、五万円ずつ、娘の口座に、振り込んでいるのが、わかった。

残金は、十六万円足らずである。

別に、不審な点はなかった。

手紙の類は、ゴムバンドでとめて、本棚の端に、置かれていた。

「これを調べた形跡はないな」

と、十津川は、いった。

「まだ、銀行は、開いているね？」

十津川が、急に、亀井に、きいた。

「まだ、一時半ですから、大丈夫ですが、通帳には、不審な点は、ないと思います」

「わかってるよ」

と、十津川は、いった。

それでも、十津川は、通帳のM銀行四谷三丁目支店へ行ってみた。

支店長に会って、加倉井のことをいうと、この支店長も、眉を曇らせて、

「あんな丈夫そうな方がと、びっくりしました。やっぱり、ピストルには、かないませんか」

「これは、ここの預金通帳ですね？」

と、十津川は、十六万円の残のある通帳を見せた。

「ええ。うちの通帳ですが――」

「ひょっとして、この他に、加倉井さんは、口座を、持っていたんではありませんか？」

と、十津川は、きいてみた。

「ええ。ただ、ちょっと――」

急に、支店長は、迷いの表情になった。

「何か、まずいことでも、あるんですか？」

「あまり、他に、いってもらっては、困るんですが」

「いいませんよ。約束します」

と、十津川は、いった。

「実は、五月九日に、いらっしゃいまして、口座を作りたいと、おっしゃったんです」

「しかし、あるわけでしょう？」

「ええ。それが、別の名前で、口座を作りたいと、いわれるんです。理由は、聞かないでくれとおっしゃいましてね。信用のおける方なので、お作りしました。本当は、いかんのですが」

「何という名前でですか？」

「星野一郎《ほしのいちろう》という名前でした。一万円入れて頂いて、口座をお作りしました」

「今日までに、入金がありましたか？」

と、亀井が、きいた。

「いや、一円もありません」

「通帳も、作ったわけですね？」

「はい。加倉井さんが、お持ち帰りに、なりましたが」

「印鑑も、持参したんですね？」

「もちろんです」

「その口座を作るについて、加倉井さんは、どういっていましたか？」

「今いいましたように、とにかく、理由はいえない。悪用する気はないから、とだけ、おっしゃっていましたね」

「その口座のことで、誰か、聞いて来た者はいませんか？」

と、十津川は、きいてみた。

「いいえ、ありませんね」

と、支店長は、いった。

4

二人は、銀行を出た。

「星野一郎という通帳は、あの部屋にありませんでしたよ」

「印鑑もね」

「所持品の中にも、ありませんでしたね」

と、亀井が、いう。

「あの部屋を探した人間が、持ち去ったんだろう」

「しかし、加倉井さんは、なぜ、そんな通帳を作ったんでしょうか？」

と、亀井は、きいた。

「そうだねえ」

十津川は、あいまいな表情になった。

いろいろなことが、想像される。しかし、あまり、楽しい想像ではなかった。

これが、加倉井でなくて、どこかの商店主だったりしたら、簡単なのだ。税金対策ということで、決まりだろう。

だが、相手は、加倉井である。彼がそんなことをする筈がない。

といって、遊びで、仮名の口座を、作るとも、思えなかった。

「どうされたんですか？　急に黙ってしまわれて」

亀井が、心配そうにきいた。

「カメさんは、どう思うね？」

「仮名の口座を、作っていたことですか？」

「ああ、そうだ」

「いろいろと、考えられます。良くも、悪くもです」

「どんな風にかね？」

十津川は、立ち止まって、きいた。

「星野一郎という男が、実在していて、加倉井さんは、その男に、何か贈ってやりたい。それが、預金通帳だったということです。いくらか貯《たま》ったら、印鑑をつけて、プレゼントする――」

「なるほどね」

「相手は、恵まれない少年かも知れません。それなら、心温まる話になるんですが。しかし、暗い話の可能性もありますね。加倉井さんが、殺されていますからね。そのことと、結びつけて、考えると、どうしても、暗い方に、想像が、行ってしまいます」

「黒い金か？」

「そうなんです。それに、もし、ほほえましい話題になるようなものなら、何者かが、通帳や、印鑑を、持ち去るということも、ないと思うのです」

「嫌な話になる可能性があるね」

と、十津川は、いった。

十津川は、警視庁に帰ると、本多捜査一課長に、会った。

「帰りました」

と、十津川が、報告すると、本多は、加倉井のことは、何もいわずに、

「すぐ、仕事についてくれ。世田谷で起きた殺人事件だ」

と、いった。

「わかりましたが、一つだけ、お聞きしたいことがあるんです」

「質問は、禁止だ」

と、本多は、いった。

「つまり、加倉井さんのことは、アンタッチャブルだということですか？」

「鹿児島県警に、委《まか》せておけばいいということだよ。加倉井刑事に関する資料は、すでに、県警に、送ってある」

「しかし――」

「世田谷の事件が、優先だ」

と、本多は、いい、もう、加倉井の話は打切りだという感じで、窓の外に、眼をやってしまった。

十津川は、「わかりました」といい、亀井たちを連れて、世田谷署へ向った。

こちらの事件は、サラリーマンの妻が、近くの公園で、夕方、殺されたというものだった。

物盗りと、怨恨《えんこん》の両面からの捜査を進めながらも、十津川は、加倉井のことが、気になって、仕方がなかった。

確かに、あの事件は、鹿児島県警の所轄《しょかつ》である。

しかし、殺されたのは、警視庁捜査一課の現職の刑事なのだ。当然、こちらと、合同捜査となる筈である。

本多も、最初は、そのつもりだったからこそ、急いで、十津川と、亀井を、派遣したのだろう。

それが、急に、タッチするなということになったのは、なぜなのだろうか？

どこからか、圧力が、かかったに違いないと、思うのだが、それが、どこからなのか、見当がつかない。

「どうやら、怨恨ですね」

と、亀井にいわれた後も、十津川は、加倉井のことを考えていた。

「怨恨？」

と、聞き返してしまった。

「被害者の新井《あらい》リカは、どうも、不倫をしていたようです。その相手が、わかれば、事件は、自然に解決すると、思います」

「そうか、不倫か」

「加倉井さんの事件のことが、やはり、気になりますか？」

と、亀井にいわれて、十津川は、苦笑しながら、

「まあね」

「実は、私もなんです」

「困ったな」

と、十津川は、いった。

公園で殺された新井リカの不倫の相手の名前が、わかった。

近くのスーパーの二十五歳の店員だった。

三十六歳で、女盛りの被害者は、若いその男に、次第に、溺《おぼ》れて行ったのだろう。

その男、安田《やすだ》は、事件の直後から、行方不明になっていた。

安田の郷里は、福岡である。

すぐ、福岡県警に、協力要請が、出された。

「もう、この事件も、終ったようなものですね」

亀井は、ほっとした顔で、いった。

十津川は、「そうだな」と、肯《うなず》いてから、

「三日も、休暇をとって、何をする気だったのかな」

と、呟やいた。

「加倉井さんのことですか？」

「彼は、めったに、休暇をとらない男だったよ」

「そうでしたね」

「それが、三日も、休暇をとった――」

「今、事件が重なって、忙しい時です。普段の加倉井さんなら、絶対に、休みなんか、とらんでしょう」

「だが、とった」

「鹿児島県警の捜査は、少しは、進んでいるんでしょうか」

と、亀井が、きく。

「さっき、向うの伊東警部に電話して、聞いてみたんだがね、全く、進んでいないそうだよ。動機がつかめないので、困ると、いっていたね」

「こちらから、加倉井さんの資料は、送ってあるんじゃありませんか?」

「そうなんだが、当《あた》り障《さわ》りのない資料しか、送っていないと思うね。伊東警部が、手掛りにならないと、いっていたからね」

「星野一郎の口座のことでも知らせてやったら、喜ぶんじゃありませんか?」

と、亀井が、いった。

「何のための口座かわかれば、知らせたいがね。何もわからないで、知らせると、向うの捜査を、混乱させるだけかも知れないのでね」

「こんな推理は、どうですかね」

「話してみてくれ」

と、十津川は、いった。

「加倉井さんは、一直線で、孤立していましたからね。それに、腕利きだった。何かを頼むには、もっとも、いい男だったんじゃないかと、思うんです」

「秘密が、洩れにくいからかね？」

「ええ。それに、昔気質《かたぎ》だから、頼まれれば、嫌とは、いえないでしょうしね」

「しかし、初対面の人が、何か頼んでも、加倉井さんは、うんと、いわなかったと思うがね」

「ええ。よくわかります。ただ、義理人情に弱かったですから、よく知っている人間なら、その知人に、頼まれると、断り切れなかったろうと、思いますね」

「それも、上司の紹介だと、余計じゃなかったかな？」

「同感です。何者かが、加倉井さんに、仕事を頼んだんだと、思います。それで、彼は、休暇を取って、鹿児島の西大山駅まで、行った。依頼人は、その礼金を振り込むので、加倉井さんに、口座を作っておけと、いったんじゃないでしょうか。あとで、妙なアルバイトをしたことが、わかったら困るので、星野一郎という名前の口座を作ったと思います」

「うん」

「しかし、何か不都合か、連絡ミスがあって、彼は、射殺されてしまったのではないですかね？」

「それが、何かわかればね」

と、十津川は、いった。

世田谷の事件の方は、簡単に、解決した。

殺人容疑者の安田が、郷里の福岡市内に立ち廻ったところを、県警の刑事に、逮捕され、自供したからである。

「引き取りに、私と、亀井刑事が、行きたいと思います」

と、十津川は、本多一課長に、いった。

「君が？」

本多は、変な顔をしてから、急に、のぞき込むような眼になった。

「まさか、まだ、加倉井刑事のことを、気にしているんじゃないのかね？」

「なぜですか？」

「福岡は、鹿児島に近い。ついでに、そっちに廻って、と、考えているんじゃないかと、思ってね」

「そんなことは、ありません」

と、十津川は、いった。

「君が、加倉井事件を気にするのは、わかるがね。私は、君が、傷つくのが、怖いんだよ」

と、本多は、いった。

「そんな事件なんですか？」

「正直にいって、私にも、わからないのさ。だが、君は、この事件に、近づかない方がいいとは、思っている」

「しかし、殺されたのは、仲間の一人です」

「わかってるよ」

と、本多は、ぶぜんとした顔で、いった。

十津川が、課長室を出ようとすると、本多が、

「私の忠告を、忘れないでくれよ」

と、いった。

5

翌朝早く、十津川と、亀井は、新幹線で、博多《はかた》に向った。

「東京駅で、電話されたのは、鹿児島県警の伊東警部にですか？」

亀井が、車内で、きいた。

　十津川は、笑って、

「わかるかね？」

「引き取りに、ご自分で、行くといわれた時から、伊東警部に、向うで、会われるんじゃないかと、思っていたんです」

「本多課長も、わかっていたようだよ」

「そうですか？」

「だから、あの事件に近づくなと、いわれたよ」

「しかし、警部は、近づきたいんでしょう？」

「加倉井さんは、友人だからね」

　と、十津川は、いった。

「私にとっても、友人です。加倉井さんの性格は必ずしも、好きじゃありませんでしたが、あの仕事熱心さは、尊敬していたんです」

「わかるよ」

　と、十津川は、いった。その点は、亀井に、よく似ていたのだ。

　そのあと、二人の間に、加倉井刑事の思い出話が、交《かわ》された。

　十津川が、意識的に、亀井と、そんな話をしたのは、加倉井の思い出の中に、今度の事件のヒントになることでもあればいいと、思ったからである。

結局、わからない中に、列車は、博多についた。

まず、福岡県警本部に行き、安田を逮捕してくれた礼を、いった。

安田は、翌日の新幹線で、東京に、連行することにして、亀井と、市内のホテルに、チェック・インした。

鹿児島県警の伊東警部が、ホテルに訪ねて来たのは、夜になってからである。

十津川は、正直に、東京の空気を、伊東に話した。

伊東は、陽焼けした顔で、じっと、聞いていたが、

「それで、納得《なっとく》がいきましたよ。警視庁から送られて来た加倉井刑事の資料が、型にはまっていて、捜査の役に、立ちそうもないことが」

と、いった。

「その後、何かわかったことがありますか?」

と、十津川が、きいた。

「今のところ、聞き込みに、全力をあげていますが、目撃者は、いぜんとして、出て来ませんね」

「そうですか」

「ただ、加倉井さんが、前日、鹿児島市内の城山《しろやま》観光ホテルに泊っていたことが、わかりました」

「泊っていたんですか？」

「そうです。東京から、飛行機で来て、そのまま、指宿枕崎線に乗ったのかと思ったんですが、違いました。前日に来て、一泊しているんです」

「宿泊カードの名前は、加倉井ですか？」

「いや、違います」

「星野一郎？」

「なぜ、ご存知なんですか？」

「それも、話しましょう」

と、十津川は、加倉井が、開いた銀行口座のことを、話した。

「恐らく、誰かが、その口座に、金を振り込むことになっていたんだと思いますよ」

「加倉井さんに、鹿児島行を指示した人間ですかね？」

と、伊東が、いった。

「そうでしょうね。城山観光ホテルでの彼は、どんな風《ふう》だったんですか？」

「チェック・インしたのは、前日の午後四時頃です。そこで、鹿児島空港へ行って、調べてみました」

「名前が、見つかりましたか？」

「前日の十二日の全日空６２５便で、着いた乗客の中に、星野一郎の名前がありました。この便は、一二時丁度に、羽田を発ち、一三時五〇分に、鹿児島に着きます」

と、伊東は、手帳を見ながら、いった。

「空港から、城山観光ホテルまで、一時間くらいですね？」

「そうです。一時間で、着きます」

「一時五十分に着いて、四時チェック・インとすると、タクシーの時間を入れても、一時間余りますね」

「ええ。その間、市内で買物をしたのかも知れないし、誰かに、会っていたのかも知れません。今のところ、わかりません」

「ホテルには、誰か、会いに来ているんですか？」

「フロントを通した人間はいませんが、直接、部屋へ入った者は、わかりませんね」

「電話は、どうですか？」

「加倉井さんの方から、外へかけた記録はありませんでしたが、フロント係は、彼が、ロビーにある公衆電話で、どこかへかけているのは、見ています」

「部屋からかけたのでは、どこへかけたか、記録に残ってしまうからでしょうね」

「そう思います」

「ロビーで、電話をかけたのは、何時頃なんですか？」

「二回かけています。チェック・インした直後と、翌日、出発する時です」

「チェック・アウトする時ですか？」

「いや、彼は、十三日も、泊ることにしてあったそうです」

「なるほど。自分が死ぬなんて、全く、考えていなかったということですね」

「そうですね」

「その他に、ホテルで、何かしたということは、ありませんか？」

「チェック・インしたあと、フロントで、指宿枕崎線の時刻表を貰っています」

「その他には、何かわかったことは、ありませんか？」

と、十津川は、きいた。

「加倉井刑事が、泊っていた部屋を調べました。所持品の中に、手帳がなかったので、ひょっとして、ホテルの部屋に、置いてあるのではないかと、思ったからです」

「ありましたか？」

「いや、残念ながら、ありませんでした。ただ、これが、落ちていました」

と、伊東は、細長い紙切れを、十津川に、見せた。

「何ですか？」

「加倉井さんは、十二日の夜、ホテルのルームサービスで、夜食をとっているんです。注文して、食べたのは、特製のカツ丼でした。その紙は、ワリ箸《ばし》を入れた袋です。多分、加倉井さんは、退屈まぎれに、箸袋を広げて、それに、いたずら書きをしたんだと思います。部屋の屑籠《くずかご》の中から、見つけました」

と、伊東は、いう。

十津川は、そこに書かれたいたずら書きを、見つめた。

へのへのもへじが、書かれていたり、「西大山」という駅名が、三回ほど書いてあったりする。

十津川が、注目したのは、その中に「飯島《いいじま》」という、姓名らしいものが書かれていたことだった。

「IIJIMA」と、ローマ字でも、書いてある。

「名前のようですね」

と、十津川が、いった。

「私も、そう思います。十津川さんは、その名前に、何か、心当りがありませんか？」

「捜査一課に、飯島という男は、いませんね。上司も、違います。しかし、加倉井刑事は、余程、気になっていたようですね」

「ともかく、それを、お渡ししておきますので、何かわかったら、知らせて下さい」

と、伊東は、いった。

6

翌日、十津川と亀井は、世田谷殺人事件の犯人安田を、新幹線で、護送し、東京に、帰った。

世田谷の事件は、これで、終了である。

捜査本部も解散して、十津川が、家に帰ると、加倉井の娘みや子から、電話が、かかった。

「こちらから、電話しようと、思っていたところでした」

と、十津川は、いった。

みや子と、新宿の喫茶店で、会った。

ビルの最上階にある喫茶店である。窓際に腰をかけると、新宿のネオンが、眼下に広がっている。

「父が、なぜ、あんなところで死んだのか、わかりましたか？」

と、みや子は、十津川に、きいた。

「いや、わかりません」

と、十津川は、いってから、

「お父さんが、つき合っていた人のことは、わかりますか？」

と、きいた。

「よく知りませんわ」

「飯島という名前に、心当りはありませんか？」

「父を殺した人なんですか？」

「いや、それは、まだ、わかりません」

十津川は、慎重に、いった。

「いいじま――」

と、みや子は、呟やいている。だが、心当りは、ないようだった。

みや子は、諦《あきら》めて、首を振ってから、オメガのチタンで出来た腕時計を、差し出した。

「これ、どうしても、父が買ったものとは、思えないんです。父は、時計は、時間が合えばいいんだからと、いつも、いっていましたわ。こんな高価な腕時計を買うお金はありません。調べて下されば、父にくれた人が、わかるんじゃないかと、思うんですけど」

「私も、この腕時計には、違和感を、持っていたんです」

と、十津川は、いった。

高価なものだし、日本へ入っている量も、限られているだろう。それに、ナンバーも打ってあるから、この腕時計を、本当に買った人間が、見つかるかも知れない。

「しばらく預からして下さい」

と、十津川は、いった。

ただ、十津川は、表だって、動くわけにはいかない。

そこで、元自分の下で働いていた橋本《はしもと》に、頼むことにした。

現在、私立探偵のような仕事をしている男である。熱情に委《まか》せて、犯罪をおかして、警官を辞めることになってしまったのだが、十津川は、その若さと、行動力を買っていた。

「君を、信頼して、この仕事を頼むんだ」

と、十津川は、いった。

正規の料金を払ってから、

「この腕時計を買った人物がわかったら、すぐ、私に知らせて欲しい。私がいなかったら、カメさんでもいい。ただ、私と、カメさん以外には、絶対に、喋らないこと」

「わかりました」

と、橋本は、いってから、急に、子供っぽい表情を見せて、

「カメさんに、会いたいですね」

と、いった。

「彼も、そういっていたよ」

と、十津川も、微笑した。

翌日から、十津川も、亀井も、新しい事件の捜査に、取りかかった。

この巨大な街では、刑事が、のんびりしている時間は、めったにない。

今度は、三人組の強盗傷害事件だった。

二十四時間営業のスーパーに、三人組の男たちが、押入り、二十一歳の店員に、全治三ヵ月の重傷を負わせた上、売上金十九万円を、強奪《ごうだつ》したのである。

このところ、深夜スーパーを襲う強盗事件が、頻発《ひんぱつ》しているので、同一犯人の可能性もあった。

証言から見て、三人組は、いずれも、二十歳前後で、チンピラ風ということだった。

聞き込みを続けていけば、この三人に行きつけるだろうと、十津川は、考えていた。

新聞の報道は派手だったが、事件そのものとしては、簡単なのだ。

刑事たちが、聞き込みに走っている間、十津川は、捜査本部にいて、時々、鹿児島の小さな駅の景色を、思い出していた。

〈日本最南端の駅〉

と書かれた白い標柱が、鮮《あざ》やかに、頭に、浮んでくる。

加倉井刑事は、何のために、あんなところに、出かけたのだろうか？

三人組の輪郭《りんかく》が、少しずつ、わかってきた。

チンピラと思っていたのだが、それは違って、どうも、学生らしいというのである。

「ああいうスーパーの店員は、大学生のアルバイトが、多いですからね。よく、事情を知っているのかも知れません」

と、亀井が、いった。

三日目に、その中の一人が、逮捕された。

N大の三年生で、二十歳の青年である。名前は、小杉要《こすぎかなめ》。

同じ大学三年生の友人に、スーパー強盗を持ちかけたのだが、友人が怖くなって、一一〇番して来たのである。

逮捕された小杉は、意外に、子供っぽい顔をしていた。

簡単に、他の二人の名前を、自供した。

S大三年生の小玉信一《こだましんいち》。二十歳

K大三年生の今井徹《いまいとおる》。二十一歳

この二人である。

「なぜ、この二人と、今回は組もうとしなかったんだ？」

と、十津川は、きいた。

小杉は、首をすくめて、

「今井は、どこかへ消えちまったし、小玉は、アメリカに行ったんじゃないかな」

「アメリカ?」

「あいつは、旅行好きでね。金をためたら、アメリカへ行くって、いってたんだ。アパートにいないから、アメリカへ行ってるんだろう」

と、小杉は、いう。

十津川は、この二人を、追うことにした。小杉は、新宿のゲームセンターで、半年前に、今井と小玉に出合い、三人で何度か、スーパー強奪をやっていたという。

小玉が、実際に、海外へ出たのか、今井はどこに、消えたのかということである。

この捜査を進めている間に、橋本から、電話が入った。

十津川は、捜査本部近くの喫茶店で、橋本に会った。

「あの腕時計を買った人間が、わかりました」

と、橋本は、嬉しそうに、いった。

問題の腕時計は、日本橋のTデパートで、売られたもので、保証書の写しが、保管されていたという。

「これが、買った人間の名前と、住所です」

と、橋本は、保証書の写しを、十津川に見せた。

住所は、世田谷《せたがや》区成城《せいじょう》のマンションで、名前は、浦中誠《うらなかまこと》だった。年齢は、三十六歳とある。

加倉井でないことは、一つの前進だったが、飯島でないことに、少しがっかりした。

十津川は、橋本に礼をいって、捜査本部に戻ると、浦中の住んでいるマンションに電話をかけてみた。

管理人が出た。

「そちらに、浦中誠という人が、住んでいますね？」

と、十津川は、きいた。

「ええ。二年前から、住んでいらっしゃいますよ」

「何をしている人ですか？」

「偉い先生の秘書をなさっているんです。ゆくゆくは、先生のように、なるんじゃありませんかね。きびきびした、元気のいい方だから」

「先生というと、政治家？」

「ええ。飯島先生ですよ。今、法務政務次官をやっている」

管理人は、その名前を、自分が知っていることが、誇らしげだった。

（飯島か——）

やっと、この名前が出て来たなと、思った。

ただ、十津川が、難しい顔になったのは、飯島が、警察畑の出身者だということを、思い出したからである。

聞き込みから帰って来た亀井に、そのことを告げた。

「それで、上から、圧力が、かかりましたか」

と、亀井が、いう。

「加倉井さんは、この飯島代議士に頼まれて、西大山駅へ行ったのかも知れないな」

「飯島代議士に、直接会って、聞いてみますか？」

「否定するに、決ってるさ。それに、詰らないことをするなと、叱られるだろう」

と、十津川は、いった。

それに、スーパー事件が解決しないと、動きが、とれない。

西本刑事から、電話が入った。

「小玉信一が、殺されていました」

「本当か？」

「アパートの一階に住んでいるんですが、その床下に、埋められているのが、見つかったんです」

「殺されたのは、いつ頃かね？」

「二日ほど前だろうと、思われます。絞殺です」

「海外へは、逃げてなかったんだな」

「それと、六畳の部屋が、引っかき廻されています」

「すぐ行く」

と、十津川は、いった。

十津川は、亀井と、そのアパートに、駈けつけた。

部屋が荒らされているということが、加倉井のマンションを、連想させたからだった。

六畳に、トイレと、台所がついた部屋である。

文字通り、部屋の中は、引っかき廻されていた。

「何を、探したんだろう?」

十津川は、部屋の中を、見廻した。

机の引出しは、ぶちまけられている。本棚も同じだった。

「これを見て下さい」

と、亀井が、転がっているカメラを、手にとって、十津川に見せた。

裏ぶたが、開けてある。

「犯人が探したのは、フィルムか?」

「そう思います」

「しかし、死体を、丁寧に、埋めたのは、なぜなんだろう?」

「わかりません。小玉が死んだことを、しばらく、隠しておきたかったからだと思います。私も、小玉は、どこかへ逃げたと、最初は、思いましたから」

と、亀井が、いう。

「しばらく、生きていると、見せかけるためねえ」

十津川は、首をひねった。誰に、そう思わせる必要があるのか？　警察にか？　しかし、強盗犯として、追われている男である。死体で、放置しても、どうということは、ないのではないか。

「もう一人の今井を、見つければ、何か、わかるかも知れませんね」

と、亀井が、いった。

十津川は、すでに、逮捕されている小杉に会った。

「小玉が、殺されていたよ」

と、十津川がいうと、小杉は、「あいつが？」と、驚きの表情になった。

「あいつは、おれたちの中じゃ、一番、大人しくて、まともだった。なぜ、殺されるんだ？」

「彼は、よく写真を撮っていたらしいね？」

「旅行好きでね。カメラを持って、日本中を、旅行していたんだ。なかなかいい写真を撮ってたよ」

「最近、どこへ行ったか、彼は、いってなかったかね？」

「さあねえ。今井なら、知ってるかも知れないな。今井も、旅行好きだからね」

「その今井が、消えてるんだ。本当に、どこにいるか知らないのか？」

「ああ、知ってれば、奴を、もう一度、誘って、仕事をしてるよ。奴は、素ばしっこいからね」

「そんなに、素ばしこいのか？」

「ああ、頭もいい。悪がしっこいってやつかな」

と、小杉は、笑った。

十津川は、今井の友人や、親戚、知人たちのところにも、張り込みをさせた。

その一方、十津川は、鹿児島県警の伊東警部にも、電話をかけた。

「あの飯島さんですか」

と、伊東も、驚きの声をあげた。

「そういえば、飯島さんの選挙区は、鹿児島でしたね」

と、十津川は、いった。

「そうです。飯島さんが絡《から》んでいるとすると、ちょっと、面倒ですね」

「どうしますか？」

「やりますよ。ここで、引き下るわけにはいきません」

と、伊東は、いった。

「それを聞いて、安心しました」

と、十津川は、いった。

7

加倉井刑事が、飯島に、何かを頼まれて、鹿児島へ行き、西大山駅で、何者かに射殺されたのだろうという想像はついた。

だが、あくまでも、想像である。飯島に会っても、向うは、否定するだろうし、それで、終りになってしまう。

それだけではない。飯島は、理由もなく疑われたことを、怒り、圧力をかけてくるだろう。

(加倉井事件については、これ以上、押せないか)

と、考え出した時、妙な方向から、妙な報告が、入って来た。

殺された小玉信一の件で、聞き込みをやっていた日下《くさか》刑事からの報告だった。

「小玉信一のアパート近くに、一日中、停っていた車があるんです。白のソアラですが、車のナンバーから、持主の名前がわかりました。浦中誠です。住所は、成城のマンションです」

「浦中誠？」

「ご存知ですか？」

「本当に、白いソアラが、小玉のアパートの近くに、停っていたんだね？」

「そうです。それも、小玉が殺されたと思われる五月十八日にです」

「そうか」

「これから、この浦中という人物に会って、事件との関連を、調べてくるつもりですが」

と、日下が、いうのへ、十津川は、

「それは、私がやるよ。浦中誠という名前に、ちょっと、心当りがあるんだ」

と、いった。

十津川は、亀井を連れて、浦中に、会いに行くことにした。

「妙なところで、二つの事件が、交叉《こうさ》しましたね」

と、亀井が、途中の車の中で、いった。

「考えたんだがね。小玉は、旅行好きで、カメラを持って、よく、旅に出ていた。鹿児島の西大山駅は、何もないところだ。この辺《あた》りでなら、指宿や、枕崎の方が面白いと、たいていの観光客は、そっちへ行くと思うね。だが、あそこには、『日本最南端の駅』の標識が立っていた。旅好きの小玉は、それに引かれて、あの駅でおりたんじゃないかな」

「そして、加倉井さんが、射殺されるのを、目撃したということになりますか?」

「或いは、写真に撮ったのかも知れない。小玉の部屋には、望遠レンズもあったからね」

「それで、小玉を殺した犯人は、カメラの中まで開けて、フィルムを、探したことになりますね」

「ああ、そうだ」

と、十津川は、肯いた。

成城のマンションに着くと、浦中は、部屋にいた。

十一階の最上階の部屋である。三十六歳と若いが、長身で、自信にあふれた顔をしている。

「五月十八日に、どこにおられたか、教えて頂けませんか?」

と、十津川が、切り出すと、浦中は、眉をひそめて、

「それは、何ですか?　僕が、何かの事件の容疑者に、なっているわけですか?」

「私たちは、四谷三丁目のアパートで殺された大学生の事件を追っています。殺されたのは、小玉信一という青年です」

「そんな名前の男は、知りませんよ」

「それなら、十八日に、どこにおられたか、教えて下さい」

「十八日ですか」

と、浦中は、ポケットから取り出した手帳を広げて、見ていたが、

「飯島先生のお供で、朝から、仙台へ行っていますよ。帰宅したのは、深夜の十一時になってからです」

「仙台で、誰かに、会われましたか？」

「いや、僕は、東北新幹線の切符を手配をしたり、車内で、先生の談話を筆記したりしていましたから、誰にも、会っていません。先生は、向うで、地元の有力者と、お会いになっていますが」

「白いソアラをお持ちですね？」

「ええ。持っていますが」

「そのソアラが、五月十八日に、朝から夕方まで、殺人事件のあったアパートの近くに、停っていたという証言があるんですよ」

「白いソアラは、何台も走っているでしょう」

「しかし、目撃者は、その車のナンバーも、覚えているんです。あなたの車のナンバーです」

「多分、その人が、勘違いしたんだと思いますねえ。僕は、仙台へ行っていたんですから」

と、浦中は、いった。

「加倉井という刑事を、知っていますか？」

十津川は、急に、話題を変えた。

「いや、知りませんが」

「では、この腕時計は、いかがですか？」

十津川は、みや子から預かったオメガの腕時計を見せた。

浦中は、ちょっと、手に取ってから、

「いい時計だが、これが、どうかしましたか？」

「あなたが、日本橋のデパートで、買われたものですよ」

「まさか。買ったものなら、僕が、持っている筈でしょう？」

浦中は、眼を忙《せわ》しそうに動かしながら、十津川に、いった。

「殺された加倉井という刑事が、腕にはめていたんですよ」

「しかし、同じものは、いくらもありますよ」

「ナンバーがついています。このナンバーのものは、日本橋のデパートが、あなたに、売っています。伝票もあるんですよ」

「おかしな話ですね。僕には、覚えがないんだが」

「それでは、このデパートの人間に、会って貰えますか？」

「まるで、僕を、犯人扱いだな。僕は、加倉井とかいう刑事とは、一面識も、ありませんよ。それとも、僕が、その刑事と関係があるという証拠でもあるんですか？」

浦中は、むっとした顔で、十津川に、いった。

「旅行は、お好きですか？」

「よく、話を変えるんですね」

「いかがですか？」

「嫌いじゃありませんよ。最近は、仕事の旅が多くなりましたが」

「九州に行かれたことは、ありませんか？　鹿児島にですが」

「いや、行っていませんね」

と、言下に、浦中は、否定した。

「とにかく、この腕時計を、買われたあと、どうされたのか、思い出して欲しいですね」

と、十津川は、いい、亀井を促《うなが》して、立ち上がった。

8

「あの男は、嘘をついていますよ」

と、亀井がいった。

「わかってるよ」

と、十津川が、笑った。

「鹿児島へ行ったことがないというのも嘘だ。鹿児島は、飯島の選挙区だ。秘書の彼が、行っていない筈がないさ」

「嘘だらけですよ」

「私が、気になったのは、オメガの腕時計のことさ。浦中は、やたらに、眼を動かして、考えていた。知らないと否定しながらね」

「何を考えていたんですかね？」

「彼が、加倉井刑事に、やったものなら、前もって、いいわけを考えていた筈だ。となると、買ったのは、あの男だが、加倉井刑事に、プレゼントしたのは、別の人間ということになる」

「飯島ですか？」

「そんなところだね。浦中は、デパートで、あの腕時計を買い、ご機嫌とりに、飯島に、贈った。飯島は、それを、今度、加倉井刑事に渡した。浦中は、その間のいきさつを、知らなかったんだろう。だから、一所懸命、あれこれ考えていたんだと思うね。下手《へた》なことをいって、飯島を、窮地にたたせては、まずいと、考えてだろうな」

と、十津川は、いった。

「これから、どうしますか？　今の段階で、飯島に、直接、会っても、はね返されるだけでしょう」

「浦中は、あわてているから、動き出すかも知れん。それから、逃げている今井徹という青年を、早く見つけたいな」

「今井も、両方の事件に、関係していると、思われますか？」

「わからないが、可能性はあるよ。殺された小玉が、西大山で、事件を、目撃していたとして、それを、仲間の今井に、喋っているかも知れないからだ」

「なるほど」

「犯人は、小玉を殺してわざわざ、死体を埋めて、隠している。まだ、死んでいないことにして、仲間の今井を安心させ、おびき寄せて、殺す気だったのかも知れないんだ」

と、十津川は、いった。

二人が、覆面パトカーに、戻った時、浦中が、白いソアラで、出かけるのが見えた。

「もう、動き出したぞ」

と、十津川が、ニヤリとした。

亀井が、運転して、相手のソアラを、尾行することにした。

浦中のソアラは、議員宿舎の前で、停った。

「飯島に、会いに来たんですね」

と、亀井が、いった。

「彼の指示を受けに来たんだろう。オメガの腕時計のことを、聞きに来たのかも知れない」

と、十津川は、いった。

一時間ほどして、浦中は、出てくると、また、ソアラで、走り出した。

「今度は、何処《どこ》へ行くんですかね？」

「成城へ帰るのでは、ないらしいな」

と、十津川は、いった。

時刻は、午後六時を回ったところだった。

浦中のソアラは、四谷駅近くの小料理屋の前にとまり、浦中は、車からおりて、店へ入って行った。

「夕食をとるんでしょうか？」

「かも知れないな。しばらく、張ってみよう」

と、十津川は、いった。

七時になると、周囲は、暗くなってくる。人影が出て来て、ソアラに乗り込んで、新宿に向って、走り出した。

亀井が、それを追いかけて、車をスタートさせたが、少し走ったところで、

「止めてくれ」

と、十津川が、急にいった。

「どうされたんですか？」

「乗っているのは、浦中じゃないよ」

「え？」

「考えてみたまえ。わざわざ、議員宿舎まで行って、飯島の指示を受けた浦中が、のんびり、四谷で夕食をとって、帰宅する筈がないじゃないか。すぐ、あの店に、引き返してくれ」

と、十津川は、いった。

小料理屋に戻ると、十津川は、亀井と、ずかずか、店の中に入って行った。そんなことまでして、浦中が動くからには、何かあるのだ。その思いが、十津川の行動を、

荒っぽいものにしていた。

驚いて、店の女将《おかみ》が出て来た。

「浦中さんは、どこだね？」

と、十津川が、きいた。

「もう、お帰りになりましたよ」

「嘘をいって、殺人の共犯になりたいのかね？」

「そんな――」

「正直にいってくれないと、本当に、逮捕するよ」

と、十津川は、脅した。

女将の顔色が、変った。

「うちの息子に、車を戻しておいてくれとおっしゃって、四谷から、電車に乗られましたよ」

「それで、どこへ行ったのかね？」

「飛行機で、九州へ行くと、おっしゃってましたよ」

「九州か」

もう、鹿児島へ行く、飛行機はない筈である。あるとすれば、福岡までの便である。

「何しに行ったか、知らないかね？」

「何も、おっしゃいませんでしたから」

本当に、知らない様子だった。

「また九州ですか？」

と、亀井が、いった。

「今からでは、追っかけても、間に合わないな」

十津川は、歯がみをした。

急いで、捜査本部に戻ると、すぐ、鹿児島県警の伊東警部に、連絡して、浦中が、九州に向ったことを告げた。

「飯島代議士の秘書ですから、何か、やるつもりかも知れません」

と、いい、浦中の顔の特徴を、いった。

その電話を切ったあとで、今度は、外から、電話が入った。

「助けてくれ！」

と、若い男の声が、いった。

必死な叫びに、聞こえた。

「君の名前は？」

と、十津川が、きいた。

「今井です。今井徹——」

「今井徹だって？」

思わず、十津川の声が、大きくなった。亀井が、眼を大きくして、こちらを見た。

「怖いんだよ、助けてくれ」

「今、どこだ？」

「三鷹の駅の近くの公衆電話です」

「すぐ迎えに行く」

と、十津川は、いった。

十津川と、亀井が、パトカーのサイレンを鳴らして、三鷹に向って、突っ走った。

三鷹に着いたのは、午後十時を過ぎていた。駅の近くの公衆電話ボックスの中で、
二十一歳の若者が、しゃがみ込んでいた。

今井は、捜査本部に、連れて来ても、しばらくは、青い顔で、ふるえていた。

十津川は、彼に、あたたかいコーヒーを飲ませ、ラーメンも、とってやった。

「おれは、逮捕されるんだろう？」

と、今井は、コーヒーを飲んでから、十津川に、きいた。

「スーパーを襲ったんだからね。しかし、警察に協力すれば、情状酌量される」

「それ、小玉が、殺された件かね？」

「そうだ」

「おれ、小玉の部屋へ行って、危く、殺されかけたんだ」

「誰に？」

「いきなり、うしろから殴られたから、わからないよ。奴のことが、心配だから、見に行ったんだ。そしたら、やられたんだ。必死で逃げたよ。この時、小玉は、もう殺されて、床下に、埋められてたんだ」

「自分が狙われる理由は、知っているかね？」

「多分、小玉が、西大山で撮った写真のことさ。彼は、あの駅に興味を持って、撮りに行ったんだ。朝から、近くの茂みにかくれて、望遠レンズで、十分ごとに、シャッターを切るんだよ。『ある小駅の一日』という題でね」

「それに、殺人事件が、写ってしまったというわけかね？」

「そういってた。中年の男が、ケースを下げて、ホームに立っているんだ。それに狙いをつけて、撮っていたら、その中年男が、いきなり、もう一人の男に、射たれたと、いっていた」

「やっぱりね」

「小玉は、中年男を射殺した男を、尾行して、男が、鹿児島の飯島代議士の事務所に、入っていくのを目撃したんだ。で、東京に戻った小玉は、飯島にその証拠写真を、高値で買いとるよう、脅かしたんだ」

「君は、その写真を見たのか?」

「貰って、持ってるよ。小玉は、おれが殺されたら、その写真が、原因だって、いって、三枚だけ、焼き増してくれたんだ」

今井は、内ポケットから、その三枚の写真を出して、十津川に渡した。

西大山駅のホームに立っている加倉井刑事が、近づいてくる男に向って、手を上げているのが、一枚。男は、後姿である。

二枚目は、加倉井が、ホームに倒れている。男は、いぜんとして、後姿である。

三枚目になって、男の横顔が見えた。立ち去るところらしい。

浦中でも、飯島でもなかった。

「小玉信一は、他に、なにかいってなかったかね?」

と、亀井が、きいた。

「早く、小玉を殺した犯人を捕まえて下さい」

と、今井は、いった。

9

写真三枚は、すぐ、鹿児島県警の伊東警部に、ファックスで、送った。

「問題は、この犯人が、何者かということと、飯島や、浦中との関係ですね」

と、亀井が、いう。

「気になるのは、加倉井さんが、犯人に対して、手を上げて、迎えている点だよ。加倉井さんは、飯島に頼まれて、この犯人に、会いに行ったんだろう。だが、いきなり、射ってくるとは、ぜんぜん、思っていなかったらしいね」

「頼んだ飯島が、安全な仕事だと、いったんじゃありませんか？」

「かも知れないな」

と、いいながら、十津川は、浦中のことを考えていた。

（あの男は、何しに、九州に飛んだのだろう？）

翌日の夜になって、鹿児島県警の伊東から電話が入った。

「申しわけありません！」

と、伊東は、いきなり、大声で、いった。

「どうされたんです？」

「昨日、ファックスで送って頂いた犯人の男ですが、殺されてしまいました」

「加倉井刑事を射った男ですか？」

「そうです。桜島で、殺されていたのを発見されました。多分、犯人に呼び出されたんだと、思いますね」

「何者か、わかりますか？」

「それを、今、調べているところです。背広のネームには、『足立』と、ありました」

「身元が、わかり次第、教えて下さい」

と、十津川は、頼んだ。

その日は、伊東から、連絡はなかった。

電話が入ったのは、次の日の昼頃である。

「身元が、わかりました。足立良行《あだちよしゆき》。二十九歳。鹿児島市内に住む、理髪店員です。まだ独身ですが、彼のマンションの部屋から、例のスーツケースが、見つかりました。加倉井刑事から奪ったと思われるケースです。中に二千万円の札束が入っていました」

「飯島との関係は、わかりませんか？」

「これといった関係は見つかりませんが、飯島の選挙事務所で、働いたことがあります」

「働き具合は、どんなだったんですかね？」

「その時の選挙事務所長に会って、聞いたところ、なかなか、素早く動いて、役に立ったといっています」

「浦中の動きは、わかりましたか？」

「いや、残念ですが、わかりません。必死で探しているんですが。もし、聞き込みで、浦中らしい男が、浮んで来たら、すぐ、知らせます」

と、伊東は、いった。

（加倉井刑事を殺した男が死んだか――）

十津川の頭の中で、一つの図式が、出来上りつつあった。

加倉井刑事は、飯島に頼まれて、二千万円入ったスーツケースを持って、西大山へ行った。おそらく、その金は、贈賄された不正な政治資金だったのだろう。

それを、西大山に現われる男に渡してくれと頼まれた。その時、飯島は、自分のはめていたオメガの腕時計を、加倉井に、やった。会った時、加倉井の腕時計が、故障していたのかも知れない。

この仕事をすませたら、礼金を、振り込むといわれて、加倉井は、星野一郎名義の口座を作ったものと思われる。架空名義にしたのは、税金対策ではなかったか。

几帳面な加倉井は、鹿児島に着くと、飯島に電話した。が、内密にやってくれといわれたから、部屋からでなく、ロビーから、電話したのだろう。

そして、西大山に、行った。約束の場所に、相手が、現われた。危険な相手ではない、金を渡すだけでいいといわれていたので、加倉井は、少しも警戒していなかった。

しかし、相手は、いきなり、加倉井を射ち、金を奪って、逃走した。

これが、十津川の考えたストーリーである。

たまたま、それを、旅行好きの小玉信一が、望遠レンズで、写していたので、新しい殺人事件が、起きてしまった。

(だが、なぜ、犯人の足立良行は、桜島に呼び出されて、殺されてしまったのだろうか?)

そこが、十津川には、よく、わからないのだ。

飯島は、足立良行に、ゆすられていたから、加倉井に頼んで、金を、持って行って、貰ったのか?

最初から、相手を殺す気なら、そんなことはしないだろう。

それなのに、飯島は、足立を、殺してしまった。

(なぜなのか?)

またゆすられたから、怒って、殺してしまったのか?

殺したのは、多分、浦中だろう。

(浦中が、帰って来たら、徹底的に、詰問してみるか?)

と、考えていた時、十津川は、急に、本多一課長に、呼ばれた。

課長室に行くと、更に、三上《みかみ》刑事部長室に、連れて行かれた。

そこに、男が一人いた。飯島だと、すぐ、わかった。

（こちらの機先《きせん》を制しに来たのか？）

と、思ったが、違っていた。

飯島は、自己紹介してから、十津川に向って、

「君が、私や、私の秘書の浦中のことを、調べているのは、知っているよ」

と、いった。

「誠に、申しわけありません」

と、三上が、頭を下げた。

飯島は、手を振って、

「いや、構わんさ。職務に忠実であることは、いいことだ。ただ、間違った捜査を進められては困るので、今日は、十津川君に、真相を話しに来たんだよ」

「ぜひ、お聞かせ下さい」

「君も、察しがついていると思うが、私は、こちらの加倉井刑事に、あることを、頼んだ。もちろん、休みの時に、やって貰えばいいと、いってね」

「鹿児島へ行く仕事ですか？」

「そうだ。私の選挙区は、鹿児島だが、最近、こんな脅迫状が、来るようになったんだよ」

飯島は、一通の手紙を、十津川に見せた。

「拝見します」

と、断ってから、十津川は、中身を取り出した。


〈あなたの浮気の結果、生れた女の子が、今ネオン街で働き、あなたを、恨んでいる。次の選挙の時、この事実を、大々的に、宣伝し、絶対に、落選させてやる。そうされたくなかったら、二千万円用意しろ。次の指示は、追って、知らせる。

選挙の鬼〉

「これは、事実なんですか?」

と、十津川は、きいた。

飯島は、頭をかいて、

「以前、クラブのママと、いい仲になったことがあってね。女の子が生まれたと聞いたんだが、その娘も、母親も、行方が、わからんのだ。だから、この手紙の内容は、本当かも知れないし、嘘かも知れない。しかし、私の選挙にとって、マイナスになることは、間違いない」

「それで、加倉井刑事に、頼まれたんですか?」

「ちょっと、知っていたのでね。まさか、こんなことになるとは、思わなかった。ただ、相手に、二千万円を渡してくれればいいと、考えていたからだよ」

「加倉井刑事に、オメガの腕時計を渡されたんですか？」

「ああ、彼の腕時計の調子が悪いというのでね」

「加倉井さんは、星野一郎という銀行口座を作っていましたが、あれも、何か、関係があるんじゃありませんか？」

「ああ、そうなんだ。加倉井君が、ちゃんと、二千万円を渡して来てくれたら、お礼をするつもりだといったら、星野一郎という口座を作っておくから、そこへ入金して下さいと、いったんだよ」

と、飯島は、いったあと、内ポケットから、五百万円の小切手を取り出した。

「私は、五百万円払うつもりだった。だから、これを、君から、加倉井刑事の遺族に、渡してくれないかね」

「十津川君、そうして差しあげなさい」

と、三上部長が、いった。

十津川は、その小切手を、受け取ってから、飯島に、

「秘書の浦中さんに、お会いしたいんですが、今、どこですか？」

「浦中か。彼は、アメリカに、貿易摩擦の件で、取材に、行って貰ったよ。一時間ほど前に、成田《なりた》を、発《た》った筈だ」

飯島は、腕時計に、眼をやって、いった。

十津川の顔が、ゆがんだ。

明らかに、浦中を、逃がしたのだ。

十津川は、考え込んでしまった。

10

それから、二日間、十津川は、一人で、考え、調べてみた。

亀井を、誘わなかったのは、三上部長が、飯島さんの件は、もう、了《おわ》ったことだから、二度と、近づくなと、厳命していたからである。下手をして、亀井まで、巻き込みたくなかったのだ。

十津川は、みや子にも、加倉井の別れた妻にも会って、亡くなった加倉井について、聞いた。

加倉井の関係した事件の記録も、調べた。特に、彼が、一匹狼的に、捜査した事件の記録は、念入りに、眼を通した。

その間、ほとんど、寝なかったといっていい。

三日目の朝になって、やっと、眠った。

心配して、十津川の家にやって来た亀井に、初めて、自分の調べたことを、話した。

亀井は、黙って、聞いていたが、聞き終ると、

「それで、どうします？」

と、十津川に、きいた。

「どうしたら、いいと、思うね？」

十津川が、きき返すと、亀井は、ニッと笑って、

「どうするか、もう決めているんじゃありませんか？」

「一緒に、行ってくれるかね？」

「もちろん、ご一緒しますよ」

と、亀井は、いった。

二人は、議員宿舎に、飯島を、訪ねた。

飯島は、二人を、中へ通したものの、

「もう、あの話は、終った筈だよ」

と、いった。

「それが、どう考えても、終っていないんです」

十津川は、まっすぐ、飯島を見つめて、いった。

飯島は、生意気なという顔で、

「どういうことだね？　それは」

「私たちは、今度の事件を、構成し直してみたんです」

「よく、意味が、わからんが」

「ここに、優秀だが、少し偏屈《へんくつ》な刑事がいます。名前は、加倉井です」

「小説だろ。君の書いたものを、あとで、読ませて貰うよ」

「これは、事実です」

「事実は、この前、私が、話したよ」

「では、もう一つの事実と、いっても、構いません。ぜひ、聞いて下さい」

と、十津川は、いった。

その語調に、押されたように、飯島は、

「まあ、話すだけ、話して、見たまえ」

と、いった。

「加倉井刑事は、自分で、気付かずに、あなたの秘密を、のぞいてしまったんです。あなたにしてみれば、それが、気になって、仕方がない。命取りになりかねないからです。そこで、あなたは、口実をつけて、加倉井刑事を、殺してしまうことを、考えたのです」

「――」

「あなたは、加倉井刑事を呼んで、仕事を、頼みます。偽《にせ》のゆすりの手紙を見せ、自分に代って、二千万円を、相手に渡して来てくれという仕事です。警察の先輩に、頼まれれば、嫌とは、いえません」

「――――」

「一方、あなたは、鹿児島にいる足立良行という男に、拳銃を渡し、西大山で、加倉井を殺してくれと頼みます。足立は、ゆすり犯なんかじゃない。多分、あなたの崇拝者なんじゃありませんか。選挙の時、あなたのために、懸命に働いたそうですからね。例のゆすりの手紙も、あなたが、足立に書かせたものだと、思いますね。何も知らない加倉井刑事は、内密に処理してくれといわれて、誰にも話さず、九州に向いました。あなたの言葉を信じ、忠実に行動したんです。そして、約束の時刻に、西大山駅のホームで、待ちました。そこへ、足立が現われる。金を渡せばいいといわれている加倉井刑事は、足立に向かって、手を振りました。しかし、最初から、殺すようにいわれていた足立は、容赦なく、加倉井刑事を、射ったんです」

「嘘をつくな」

「最後まで、聞くと、おっしゃったはずですよ。足立は、加倉井さんを殺し、二千万円入りのケースを、持ち去りました。多分、二千万円が、足立に約束された殺しの報酬だったんだと思います。このときで、終れば、あなたの計画は、完全に、成功していた筈なのです。休暇をとった刑事が、なぜか、九州の小さな駅で、射殺された。妙な事件だが、動機も、犯人も、不明で終っていたに違いありません。しかし、二つのミスが、あなたにとって、困ったことになってしまったのです。一つは、腕時計です。あなたは、自分がやった時計から、自分のところまで、捜査が伸びてくるとは、思わず、タカをくっていたんじゃありませんか。それとも、足立に、腕時計も奪ってけといったのに、向うが、忘れてしまったんですか？　もう一つは、西大山の駅を、舞台に、選んだことです。無人駅で、めったに、人の降りない駅だと考えて、選んだんでしょうが、日本最南端の駅で、マニアには、よく知られた駅だったんです。マニアの小玉信一が、たまたま、望遠レンズで、撮っていて、殺人の現場を目撃してしまったのです。そのため、あなたは、浦中に、小玉を殺させ、結局、足立までも、心配になって、殺させたのです」

「面白い話だが、肝心《かんじん》の点が、はっきりしないじゃないか」

「あなたが、加倉井刑事を、殺す動機ですか？」

「そうだ。私は、加倉井君に、何の恨みもなかったんだよ」

「その点を、私は、必死で、調べてみましたよ。そして見つけました。一年前、ある殺人事件があり、加倉井刑事も、その捜査に、加わっていました。捜査は、二つに分れ、加倉井刑事は、本橋真一郎《もとはししんいちろう》という弁護士を、犯人とみて、追いかけたんです。この本橋というのは、六十歳で、鹿児島の生れです。表面は、一応、優秀な弁護士ですが、調べていくと、うさん臭い面が、どんどん出てくるのです。いわゆる悪徳弁護士の正体が、わかって来たわけですよ。それで、加倉井刑事は、この男を、執拗に、追いかけたのです。しかし、この事件では犯人は別人で、加倉井刑事は、ミスを犯したわけです」

「それが、どうかしたのかね？」

「あなたは昔、この悪徳弁護士と組んで、いろいろと、仕事をなさったんじゃありませんか？」

と、十津川は、いった。

飯島の顔が、赤くなった。

「馬鹿なことをいうな！」

と、怒鳴った。

「これから、私は、加倉井刑事のあとを引き継いで、本橋弁護士のことを、徹底的に、調べてみるつもりです。特に、鹿児島時代のことをです。あなたの名前が、必ず、出てくると、思っていますよ。いや、加倉井刑事が、調べた範囲でも、すでに、あなたの名前が、出てくるんです。あなたは、当時、福岡県警にいた。だが、臨時の金が欲しくて、青木利一《あおきとしかず》という偽名を使って、本橋と一緒に、働いていたんじゃありませんか。加倉井さんの調べたメモに、青木利一という名前があって、そこに、『興味のある人物、調査の必要あり』と、書き込んであるんですよ」

「――――」

「では、これから失礼して、福岡に行き、この男のことを、調べてみます」

十津川が、いって、亀井と一緒に、立ち上ると、飯島は、ふいに、部屋の隅にある本棚のところに走り寄り、引出しから、拳銃を取り出した。

「動くんじゃない！」

と、飯島は、眼を血走らせて、怒鳴った。

十津川は、冷ややかに、飯島を、見返した。

「それで、どうなさるんですか？」

「君たちを殺す」

と、飯島は、いった。

「それは、出来ませんよ」

と、十津川は、いった。

「殺すさ」

「いいですか。たった一人の加倉井刑事を殺しただけで、私たちに、追いつめられてしまったのですよ。それを、考えてごらんなさい。三人も殺して、逃げられると、思うのですか？」

と、十津川は、いった。

ある刑事の旅

1

警視庁捜査一課に新しく配属された二十八歳の若林《わかばやし》には、一つだけ、小さな秘密があった。

若林は、二十六歳のときに結婚したが、二年で別れている。しかし、このことは、きちんと上司に報告してあった。

ただ、人事課に提出してある身上書の同居家族の欄に、嘘があった。

父　若林　宗一郎《そういちろう》　五十八歳
母　礼子《れいこ》　五十二歳
妹　みどり　二十三歳

このうち、父の宗一郎は、若林が子供のころから、ほとんど家にいたことがなかった。

もちろん、現在も、家には同居していない。どこかで、女と一緒に暮らしているのだろうが、その居所も、定かではないのだ。親戚の一人が、東北の温泉場で見かけたというが、それも確かではなかった。

若林も、妹のみどりも、母の手一つで育てられた。その母が、なぜ、離婚しなかったのか、若林にはよくわからない。母は、お前たちのためだというが、ひょっとすると、あんな父でも、母にはまだ未練があるのかと、思うことがあった。

十月二日、台風二十号が通過して、三日ぶりに東京に晴れ間が見えた日に、若林に電話がかかった。

仕事中のことである。

電話交換手が「捜査一課の若林さんですか？」と、確かめ、若林が「はい」と肯《うなず》くと、

「ちょっと、お待ちください」

と、いった。

すぐ、男の声に代わった。これも、事務的な調子で、

「こちらは、鹿児島《かごしま》市のS病院ですが、若林宗一郎さんを、ご存じですか？」

と、きいた。

若林の胸を、一瞬、心配よりも、当惑の感情が、走り抜けた。

父には、さまざまな形で、迷惑を受けていたからである。父は、おれは惚《ほ》れっぽいのだといっていたが、若林にいわせれば、だらしがないのである。すぐ、女に惚れ、ときには欺《だま》されて借金を作り、それが若林にかぶさってきたこともある。

（また、何か、仕出かしたのではないか？）

父は、腕のいい家具職人だったが、ケンカ早くもあった。病院と聞いて、誰かを傷つけたのではないかとも、思ったのである。

それでも、若林は、

「私の父ですが――」

「一時間前に、こちらで亡くなられました。心不全です」

と、相手はいった。

「亡くなった――」

正直にいって、悲しみより、ほっとした気持ちのほうが強かった。

「ご遺体をどうするかといったことで、ご相談したいので、こちらに来ていただけませんか」

「そちらに、女が一緒にいるはず――」

と、いおうとして、若林は、その言葉を呑《の》み込んだ。近くには、上司の十津川《とつがわ》警部がいるし、同僚が机を並べている。

「とにかく、そちらに行きます」

と、若林はいった。

彼は、十津川に、父が亡くなったことを告げ、休暇届を出した。

「父は、旅行好きで、九州へひとりで出かけていたのですが、鹿児島で急死したと、今、電話がありまして」

「そりゃあ、大変だ。君は、確か長男だったね？」

「はい」

「お父さんは、まだ、若いんじゃないか？」

「五十八歳です」

「若いなあ。すぐ行ってきなさい。旅費がなければ、私が出してあげるよ」

と、十津川はいった。

「大丈夫です」

と、若林はいい、警視庁を出ると、羽田《はねだ》空港に向かった。

空港に着いてからも、母に知らせたものかどうか、迷っていた。父は、どこかの女と一緒だったに違いない。多分、その女が、最期を看取《みと》ったのだろう。そんなことを、母に知らせたくはなかった。

（向こうへ行ってからにしよう）

と、若林は思った。

だから、母には知らせず、OLをしている妹のみどりにだけ、電話しておいた。

「今日は、帰れないかもしれないが、おふくろには、捜査で徹夜になったと、いっておいてくれ」

と、若林はいった。

午後一時四五分発のJAL三九五便で、若林は、鹿児島に向かった。

父が亡くなったことへの悲しみは、いぜんとして、わいてこない。

（おれは、冷たいのだろうか？）

と、思ったりしながら、若林は、鹿児島空港に降りた。台風一過の東京は、すっかり秋の気配だったが、鹿児島は、まだ暑さが残っていた。

汗を拭きながら、タクシー乗り場に並び、乗り込んだ。

鹿児島市内に入ってから、S病院を探した。

救急指定にはなっていたが、木造の、小さな病院だった。

受付で話をすると、白衣の事務員が若林を霊安室に案内した。すでに棺に入れられ、簡単に灯明がともっていた。

数年ぶりの父との対面だった。小柄だった父は、一層、小さくなってしまったように見えた。

「十日前に倒れられて、うちで治療中だったんですが、肺炎を併発しましてね」

と、事務員が説明した。

「誰が、ここへ、おやじを運んだんですか？」

と、若林はきいた。

「女の方ですよ。なんでも、若林さんと一緒に暮らしている人だそうで、今日も、間もなくお見えになると思います」

と、事務員はいった。

（やっぱりだな）

と、若林は思いながら、

「どんな女の人ですか？」

「お名前は、川上《かわかみ》ゆき子さんというそうで、市内の方です。年齢ですか？　四十歳とおっしゃってます」

と、教えてくれた。

嫌でも、その女と会って、父のことを、話し合わなければならないだろうと、思った。迷惑しか感じなかった父でも、亡くなった今は、長男として、葬式など、後始末があるからである。

五時半ごろになって、川上ゆき子という女がやって来た。

待合室で会ったのだが、ひと目見て、いかにも父の惚れそうな女だという気がした。

小柄で、ちょっと派手な感じなのだ。

「本当に、お父さんによく似ていらっしゃるわ」

と、川上ゆき子は、なれなれしい態度で、若林にいった。

若林が、どう対応していいか判断がつかず、黙っていると、

「若林さんは、いつも、あなたが自慢で、おれの息子は、東京で、警視庁にいる。息子にいえば、交通違反だって何だって、許してもらえるといってましたよ」

「僕には、そんな力はありませんよ」

と、若林はあわてていった。

「お父さんと最初に会ったのは、五年前でしたかねえ。阿蘇《あそ》の内牧《うちのまき》温泉でたまたまご一緒して、それ以来なんですよ。とてもいい人でしたけど、金遣いの荒い方でしたねえ」

「――――」

若林は、黙って聞くより仕方がなかった。

この女との五年間がどんなものだったのか、まったく知らないからである。それに、何かいって言質《げんち》をとられるのが、怖かったからでもある。父が前につき合っていた女

に、借金のことで返済を求められて、困ったことがあった。

「何でも衝動的に買ってしまう人だし、他人におごるのが好きなんですよ、あの人。あたしも、惚れた弱味っていうのかしら。いわれるままに、お金をあげていたんですよ」

「――」

「いえね。息子さんのあなたに、それを返してもらいたいなんて、いうんじゃありませんよ。そんな気は、ぜんぜん、ないんですよ」

「――」

「あたしは、鹿児島の町で、小さな店をやっていましてね。なんとか、やりくりしていたんですけど、気がついたら、一千万近い借金ができてしまっていたんですよ」

「――」

若林は、黙っていたが、内心、眉《まゆ》をひそめていた。

(その借金を、おれに、払ってくれとでもいうのだろうか？)

と、若林は思ったが、ゆき子は、それを見すかしたように、

「それを、なんとかしてくれなんていう気は、ありませんわよ。あなただって、サラリーマンなんだし、あたしも、好きで、若林さんにつくしたんですからねえ」

「――」

「ただ、お金を借りた相手が、早く返さないと、あたしを殺すというんですよ」

「殺す？」

若林は、半信半疑で、ゆき子の顔を見た。どうしても、彼女を信用できなかったからだし、結局、金が欲しいのではないかと思ったからである。

「本当なんです。殺すって、いわれているんです」

と、ゆき子は声をふるわせた。

「どんな相手なんですか？」

「それが、あとでわかったんですけど、暴力団員がやっているサラ金だったんです」

「それなら、ここの警察に相談したらどうなんですか？」

と、若林がいうと、ゆき子は、手を振って、

「駄目ですよ。いくら頼んだって、こんなことで警察は、動いてくれやしません」

「弁護士を頼むというのは、どうです？」

と、若林がいうと、ゆき子は、また手を振って、

「そんなお金は、ありませんわ」

「しかし、僕だって、あなたの力になれませんよ」

「でも、あなたは、警察の方でしょう？」

「それは、そうですが――」

「それなら、あいつに、話をつけてくれませんか。あたしは、お金を返さないっていうんじゃないんです。ちゃんと、返すつもりですわ。ただ、待ってもらいたいのと、法外な利息を、少し、まけてくれればいいんです。その話を、つけてくださるだけでいいんですよ」

と、ゆき子はいった。

(そのくらいなら)

と、若林が思ったのは、何といっても、父の面倒を、五年間、みてくれた女である。それに、もし、断われば、母のところに、いろいろと嫌なことを持ってくるかもしれないと、思ったのである。

「相手は、何というサラ金会社なんですか？」

と、きくと、ゆき子は、ニッコリして、

「話をつけてくださるのね？」

「話をするだけですよ」

「それで、十分なんですよ。相手は、アケボノ金融といって、二宮《にのみや》という男が、一人でやっているようなものなんです」

「その二宮という男は、暴力団員なんですか？」

「自分で、そういってるんです。K組の組員だって」

「なるほどね」

「本当に、話をつけてくれますか？」

「話をするだけですよ」

と、若林は、念を押した。

「それだけでいいんです。本当に、助かりますわ。若林さんの息子さんが、刑事さんでよかったわ！」

と、ゆき子は大きな声をあげた。

若林は、一刻も早く片付けて、父の遺体を、東京に持ち帰りたかった。

「何処《どこ》へ行けば、その二宮という男に会えるんですか？」

「さっそく、二宮と話をして、会う場所を、決めますわ。ああ、よかった」

と、ゆき子は大きな吐息をついた。

「とにかく、話をするだけですよ」

「それでいいんです。本当に、助かりましたわ」

と、ゆき子はまた、大げさにいってから、

「お父さんの遺体ですけど、そのまま、東京に、持っていくのは、大変でしょう？焼いて、遺骨にして、持っていったほうがいいと思いますけど。私が、この近くの火葬場と、話をしておきましたわ」

「いや、あのまま、東京へ運びたいんですよ」

と、若林はいった。

「でも、大変ですわよ」

「いいんです」

「この陽気だと、すぐ腐ってきますわ。焼いて、遺骨にしておいたほうがいいと思いますけどねえ」

「病院に頼んで、冷却しておいてもらって、車で運びます」

と、若林はかたくなにいった。

彼が、これほど拘《こだわ》ったのは、母のことがあったからである。

父が亡くなったことを、母に黙っているわけにはいかない。長男として、あるいは妻として、葬儀を出さなければならないからである。

そのとき、遺骨になっていたのでは、母は、きっと、女の存在を感じて、嫌な思いをするだろう。そう思ったのだ。

ゆき子も、仕方がないというように、肩をすくめた。

若林は、病院に頼んで、父の遺体を腐らないようにしておいてもらい、自分は、市内のホテルに泊まった。

2

翌日の昼過ぎに、ゆき子から電話が入った。

「二宮に話をしました。あなたのことは、刑事とはいわずに、あたしの弟だといっておきましたわ。そういわないと、あいつは、あなたに会ってくれないからですわ。刑事だなんていったら、あいつのことだから、姿を隠してしまうから」

と、ゆき子はいった。

「それで、彼は、どこで会うといってるんですか？」

「あいつは、用心深くて、自分のマンションで会いたいっていってるんですよ。そこでなくちゃ、嫌だって。行ってくれます？」

「あなたも、同席するんでしょうね？」

「ええ。マンションの前で、待ってますわ」

と、ゆき子はいい、そのマンションの場所を、くわしく話した。

時間は、明日の午後九時ということなので、若林は、その時間に合わせて、教えられたマンションに出かけて行った。

五階建てのマンションである。電話のとおり、入口に、ゆき子が、さすがに緊張した顔で待っていた。

「いちばん上の階なんです」

と、ゆき子はいい、エレベーターで、五階へあがって行った。

その角の部屋に、「二宮」という名札が、ついていた。

ゆき子が、ベルを鳴らすと、三十五、六歳の男が、顔をのぞかせた。なるほど、パンチパーマをかけた、チンピラ風の男である。

ゆき子が若林を紹介すると、二宮は、

「あんたと、二人だけで、話をしたいね」

と、若林にいった。

「じゃあ、そうして。わたしは、近所をひと廻りしてくるわ」

と、ゆき子はいい、さっさと部屋を出て行ってしまった。

男二人が、1DKの部屋に残された。

「実は、今の女性に頼まれてね」

と、若林は切り出した。

二宮は、むっとした顔で、黙っている。

「あんたに、殺されるんじゃないかって、彼女、怯《おび》えているんだよ。それで、僕が頼まれてね。借金のことは、必ず払うといってるんだから、なんとか――」

と、若林が、いいかけたときだった。

突然、二宮の右手が動いて、そこにあった木刀《ぼくとう》を摑《つか》んだ。

「あッ」

と、若林が叫ぶのと同時に、二宮が木刀で殴りかかってきた。

避ける余裕がなくて、とっさに、若林は、左手で払った。

左手が、じーんとしびれた。

二宮は、構わずに、第二撃を振りおろしてきた。明らかに、相手は、若林を殺す気なのだ。

「何をするか！」

と、怒鳴っておいて、思いっきり蹴飛ばした。

二宮は、転倒した。が、ものすごい形相で、また木刀で殴りかかってきた。

若林も、必死になった。殺されるという恐怖が、若林を凶暴にした。

傍《そば》にあった花びんを投げつけ、ひるんだところを、思い切り投げ飛ばした。

二宮の身体が、宙を飛んで机に激突し、呻《うめ》き声をあげて、動かなくなった。

若林は、驚いて、屈み込んだ。

「おい！　大丈夫か？」

と、声をかけたが、返事がない。二宮は、口から血を吹き出している。

(救急車だ)

と、思い、電話を探したが、見つからなかった。

「くそ!」

と、叫び、若林は、部屋を飛び出した。

エレベーターで一階へおりたが、管理人は、もう帰って、いなくなっていた。

若林は、近くの公衆電話まで走って、一一九番した。

五、六分して、救急車が、サイレンを鳴らしてやって来た。

若林は、マンションの前で待っていて、救急隊員二人を五階へ案内した。

二人は、部屋に入り、二宮の身体をみていたが、その一人が、

「もう死んでいますよ」

「死んでる?」

若林は、愕然《がくぜん》として、もう一度、二宮を見つめた。

「間違いなく、死んでいますよ。心臓がとまっている」

「とにかく、病院へ運んでください。何としても助けたいんだ」

「病院へは運びますが、警察にも連絡したほうがいいですね」

「なぜ、警察へ?」

「死因に不審な点があるからですよ」

と、救急隊員はいった。

確かに、そうだろうと、若林は思った。自分が投げ飛ばしたのだから。

「とにかく、病院へ運んでくれ」

と、もう一度、若林はいった。

救急隊員は、二宮の身体を担架にのせ、車に運んだ。

若林も、救急車に乗り込んだ。が、走り出してから、ゆき子に連絡しておくのを忘れたことに気がついた。

若林は、あわてて、車をとめてもらい、

「連絡しておかなければ、ならないんです。あとから、すぐ駈《か》けつけますから」

と、いった。

病院の名前と場所を聞き、若林は、もう一度、マンションに引き返した。五階の部屋に戻ったが、まだ、ゆき子の姿はなかった。仕方がなく、若林は、部屋にあったメモ用紙に、ボールペンで、

〈至急、N病院へ来てください。　若林〉

と、書いて、また、マンションを出た。

タクシーを拾って、N病院の名前をいったが、タクシーが走り出すと、急に、疲れが襲いかかってくるのを覚えた。

今日の出来事が、まるで悪夢のように感じられた。いや、悪夢とまではいかなかった。ただ、当惑し、混乱しているだけだったからである。

3

N病院に着くと、パトカーが一台、前に着いていた。あの救急隊員が、連絡したのだろう。

病院の中は、この時間なので、うす暗く、人の気配はほとんどない。

若林が入って行くと、そこにいた救急隊員の一人が、警官に向かって、

「この人ですよ」

と、若林を指さしてみせた。

二人の警官が、緊張した顔で若林に近づいて来た。

「あんたが、犯人だな？」

と、片方の警官が乾いた声をかけてきた。

「犯人？」

「そうだ。二宮良介《りようすけ》は、死んでいる。これは、殺人事件だ。あんたが、殺したんだろう？」

「正当防衛ですよ。向こうが、木刀で殴りかかってきたんで、仕方なく、投げ飛ばしただけです。それは、調べてくれればわかるはずだ」

と、若林はいった。

「それは、もちろん、調べるよ。しかし、あんたには、署に来てもらう」

と、警官はいった。

若林は、その場から、鹿児島中央警察署に連行された。

中央署では、藤村《ふじむら》という若い警部が指揮をとることになったが、容疑者として連行した若林が警視庁の刑事と知って、驚いたようだった。

言葉遣いも、急に丁寧になった。が、若林の言葉を信じたかどうかは、わからなかった。

「今、被害者の部屋を調べています。あなたの証言どおりなら、正当防衛が認められますよ」

と、藤村はいった。

「川上ゆき子という女性は、まだ来ませんか？」

と、若林はきいた。

「探しているんですが、まだです。夜が明ければ、出頭してくると思いますよ」

と、藤村は楽観的にいった。

「しかし、N病院へ行っているという置き手紙をしてきたんですがねえ」

「あなたに、話をつけてほしいといったんでしょう?」

「そうです」

「それなのに、こんな事件になってしまったので、彼女は、動転してしまったのかもしれませんよ。それなら、落ち着いたら、必ず出頭してきますよ」

と、藤村はいった。

夜が明けた。若林は、丁重に扱われたとはいえ、留置されて、夜を明かした。

死んだ二宮良介の部屋を調べていた刑事たちが、帰ってきた。その中から、藤村警部が、若林のところへやって来た。が、その表情は、ひどく険《けわ》しくなっていた。

「嘘をつかれちゃ困りますね」

と、藤村はいった。

「嘘って、何のことですか?」

「木刀で殴りかかられたので、仕方なく投げ飛ばしたといわれましたね?」

「そのとおりだから、ありのままをいったんですよ」

「しかし、若林さん、あの部屋をいくら探しても、木刀なんかありませんでしたよ」

と、藤村はいった。

「そんな馬鹿な。一メートル以上の木刀でしたよ。このとおり、私は、左腕を殴られているんです」

と、若林は、アザのできた左腕を見せた。

「それなら、なぜ、あの部屋に木刀がなかったんでしょうね？」

「わかりませんよ」

「もう一つ。あなたは、部屋の中に電話がなかったので、外に出て一一九番したといいましたね？」

「そうです。いくら探しても見つからなかったんで、仕方なく外に飛び出して、救急車を呼んだんです」

「これを見てください」

と、藤村はいい、ポラロイドで撮った写真を見せた。

間違いなく、あの部屋だった。

「左隅に、電話が、ちゃんとあるでしょう？」

「あッ」

と、思わず、若林は声をあげてしまった。

そこに、白い電話機が、低い台にのって、ちゃんと置かれていたからである。

「この電話は、本当に通じるんですか？」

と、若林はきいた。

藤村は、苦笑して、

「かけてみましたが、ちゃんと通じましたよ」

「誓っていいますが、ここには、電話はなかったんですよ。不思議で仕方がない」

「それなら、なぜ、電話があるんですかねえ」

と、藤村はいった。その眼は、若林の言葉を信じているものではなかった。

「この電話は、前からついていたんですか？」

と、若林はきいた。

「それも調べましたよ。この番号の電話は、二年前から、この部屋についているものです」

と、藤村は冷たい語調でいった。

昼過ぎになって、やっと、川上ゆき子が出頭してきた。

しかし、若林には、直接会わせてはくれなかった。藤村が彼女を訊問《じんもん》したあと、その結果を持って、取調室で若林に話してくれた。

「彼女から、いろいろと話を聞きましたよ」

と、藤村は相変わらず冷たい調子でいった。

「それなら、私が嘘をついていないことを、わかってくれたでしょう？」

若林は、期待を籠《こ》めて、きいた。

「半分は、事実でしたね」

「どういうことですか？　それは」

「まず、彼女が、あなたのお父さんと、五年間、同棲していたことは事実でした」

「そういったはずですよ」

「しかし、借金について、話し合ったというのは、嘘だといっていますよ」

「嘘？　どういうことですか？」

「川上ゆき子は、借金なんかしてないといってるんです」

「そんな馬鹿な！　一千万近い借金があって、その返済を迫られている。殺されそうだから、私に、話してくれと、いったんですよ。二宮という男は、サラ金をやっているんでしょう？」

「そうです」

と、藤村は肯いてから、

「しかし、川上ゆき子は、一円も借りていないといっていますよ。確かに、彼女は、銀行に六百万円を越える預金がありますよ」

「それなら、何をしに、私は、二宮に会いに出かけたというんですか？」

と、若林はきき返した。

「それですがね、亡くなったあなたのお父さんが、二宮に三百万円の借金をしているんです」

「おやじが？」

「そうです」

「間違いないんですか？」

「今、二宮のやっていたサラ金の店を調べています。それで、二宮は、返済できないあなたのお父さんに、暴行を働いた。これは、医者の話でも証明されたんですが、あの病院に運ばれたとき、明らかに殴られたと思われる痕《あと》が、何カ所かあったというんです」

「――――」

「川上ゆき子は、そのことをあなたに話した。すると、あなたは、顔色を変えて、二宮に会いに行った。あわてて止めようとしたのだが、間に合わなかったといっています。つまりあなたは、亡くなった父親が二宮に乱暴されたと聞いて、かッとして、彼に会いに行き、殺してしまったんだ。もちろん、最初から殺すつもりはなかったとは思いますがね」

「違う！」

と、若林は叫んだ。

4

若林刑事が殺人容疑で逮捕されたことは、警視庁捜査一課に、衝撃となって伝えられた。

翌々日、上司の十津川と、同僚の亀井《かめい》刑事が、鹿児島に飛んだ。

若林の留置されている中央署に行き、今度の事件を担当している藤村警部に会った。

若く、長身で、現代風の男だった。

「若林刑事は、お気の毒だという気もしているのですよ」

と、藤村は穏やかな調子でいった。

「気の毒というのは、どういうことですか？」

「若林刑事の気持ちもわかるということです。数年ぶりに会った父親は、死亡していた。それだけでも、悲しいわけです。その父親が、サラ金から借金をしていて、そのサラ金の男が、父親に対して殴る蹴るの乱暴をして、それが入院の直接の原因と知った。かッとして、相手の男のマンションに乗り込み、投げ飛ばし、死なせてしまった。最初から殺すつもりはなかったと思いますが、投げつけて殺したことは、本人も認めているんですよ」

と、藤村はいった。

「すると、殺意はなかったことになりますね？」

「そう思いますが、そのあとの処置が、よくありません」

と、藤村はいった。

「どういうことですか？」

「二宮良介が倒れて動かなくなったとき、すぐ一一九番すれば、あるいは、二宮は助かったかもしれないのですよ。ところが、若林さんは、わざと部屋の電話を使わず、外に出て、公衆電話から一一九番しているんですよ」

「彼は、そんな男じゃありませんよ」

と、亀井がいった。

「それなら、なぜ、部屋の電話を使わなかったんですかね？　眼の前に電話があったのに」

「それは、わかりませんが――」

「さらに、若林さんは、二宮が木刀で殴りかかってきたので、やむなく投げ飛ばしたといっているんですが、現場に木刀はなかったんですよ。少しでも自分の罪を軽くしようとして、嘘をついたんでしょうが、心証は悪くなりますねえ」

と、藤村はいった。

「ほかにも、何かありますか？」

と、十津川は、冷静にきいた。

「若林刑事は、川上ゆき子が借金をしていて、頼まれて、二宮に話をつけに行ったら、いきなり木刀で殴りかかってきたといっているんですが、いくら調べても、彼女は借金をしていない。借金をしていたのは、亡くなった若林刑事の父親だったのです」

藤村は、その証拠として、一枚の借用証を十津川に見せた。

確かに、若林の父親の名前で、三百万円の金額が書き込まれていた。

「これだけですか？」

と、十津川がきくと、藤村は、むっとした顔で、

「これだけあれば、十分でしょう」

と、切り口上でいった。

5

そのあと、十津川は、県警本部長に頼み込んで、留置中の若林に会わせてもらった。

若く、元気な若林も、さすがに青ざめて、疲れ切った顔になっていた。

「配属早々、こんなことになって、申しわけありません」

と、若林は、十津川の顔を見るなり、頭を下げた。

「そんなことは、構わないさ」

と、十津川は笑ってから、

「ただどうも、ここの警察の話が信じられないんだよ。君らしくないからね。わざと救急車を呼ぶのを遅らせたとか、木刀の件とかがね。本当はどうなのか、君の話を聞きたかったんだ」

「正直にいうと、私自身にも、よくわからないんです」

と、若林はいった。

「じゃあ、電話の件から話してくれ」

と、十津川は促《うなが》した。

「確かに、あの部屋に電話はなかったんです。だから、外へ出てかけました」

「だが、電話はあった？」

「そうなんです。あの部屋に、ちゃんとあったんです。二年前から引いていたといわれました」

「君が、興奮して、見つけられなかったんじゃないのか？」

と、亀井がきいた。

「それはありません。１ＤＫの部屋ですよ。それに、部屋の隅の台にのっていたというんです。見逃すことなんかありえませんよ」

若林は、むきになっていった。

「木刀の件は、どうなんだ？」

「間違いなく、二宮は、木刀で殴りかかってきたんです」

「いきなりかね？」

と、十津川がきいた。

「そうなんです。私は、川上ゆき子に頼まれて、話し合いに行ったんです。ところが、彼女が座を外した瞬間、傍にあった木刀で、殴りかかってきたんです。殺されると思いました」

「話がこじれてということではなかったのかね？」

「違います。これから、話をしようとした瞬間です。今から考えると、木刀を用意して、待っていたとしか思えません」

「しかし、二宮が、なぜ、君を殺そうとするのかね？」

と、亀井がきいた。

「それが、わからないんです」

「二宮良介という男に、前に会ったことはないのかね？」

と、十津川はきいた。

「いくら考えても、初めて会った男です」

と、若林はいった。

「川上ゆき子という女は、どう思うね？」

と、十津川はきいた。

「嘘つきです」

と、若林はいった。

「しかし、君に嘘をつく理由は何だろう？」

「それも、よくわからないんです。私に嘘をついても、仕方がないと思うんですが」

と、若林はいった。

若林に話を聞いたあと、十津川と亀井は、川上ゆき子に会いに出かけた。

彼女のマンションは、鹿児島市の盛り場の近くにあった。

十津川たちが行ったとき、ゆき子は、化粧をすませて、これから店へ出るところだった。

「働かないと、生きていけませんものね」

と、ゆき子は小さく笑ってから、

「若林さんには、本当に、申しわけないことをしてしまいましたわ」

と、いった。

「どういうことですか？」

と、十津川がきいた。

「亡くなった、若林さんのお父さんのことですわ。二宮のサラ金から、三百万円の借金をしていて、暴力団あがりのあいつが、お父さんに殴る蹴るの乱暴をしたなんて、若林さんに話さなければよかったと思っているんです」

「ええ」

「若林さんが、あんなにかッとして、二宮を殺してしまうなんて、思わなかったんです。何年も家を空けていたお父さんなのに、愛していらっしゃったんですわね」

「若林刑事は、違うことをいっていますがねえ」

と、亀井がいった。

「そうですか？」

「あなたが、二宮に借金をしていて、あなたに頼まれて、話をしに行ったんだと」

「それは、違いますわ。わたしは、一円も借りていませんし、借金をしていたのは、若林さんのお父さんなんですよ」

「あなたも、二宮のマンションに行ったんですね？」

と、十津川がきいた。

「ええ。若林さんが二宮の家を聞くので、案内したんですわ」

　と、ゆき子はいう。

「二宮を救急車に乗せたあと、あなたに置き手紙をしたと、若林はいっているんですが、その手紙は見ましたか？」

「いいえ」

　と、ゆき子は首を横に振った。

「すると、若林刑事を案内したあと、あなたは、二宮のマンションには行っていないということですか？」

「行っていませんわ。わたしには、行く用がありませんでしたもの」

　と、ゆき子はいった。

「若林刑事のお父さんとは、五年間、同棲していたそうですね？」

　と、亀井がきいた。

「同棲していた時期もありましたし、別のマンションでという時期もありましたわ」

「愛していたんですか？」

「さあ」

　と、ゆき子は首をかしげてから、

「愛していたこともあったし、同情のときもあったし、いろいろですわ」

と、いった。

そのあと、ゆき子が、店へ行く時間だというので、十津川と亀井は、彼女のマンションを出た。

すでに夕闇が広がっていて、ネオンがまたたいている。

ゆき子のような水商売の女たちが、そそくさと歩いている姿が見えた。

「あの女を、どう思いますか？」

と、歩きながら、亀井が十津川にきいた。

「まだ、わからんね」

「しかし、彼女は嘘をついていますよ」

と、亀井はいった。

「つまり、若林刑事は、本当のことをいっているということだろう？」

「そうです」

「しかし、それが、今、通用するかな？　鹿児島県警は、明らかに、若林刑事が保身のために嘘をついていると、思っているよ」

「なんとかして、若林を助けてやりたいですね。捜査一課に来たばかりですが、優秀な男です」

と、亀井はいった。

「どうやって、若林を助けるね？」

「わかりませんが、彼は、きっと、あの女にいいように利用されたんですよ」

と、亀井はいった。

「しかし、若林自身、二宮良介を殺したことを認めているし、現実に、彼の父親は、三百万円を借りていた。助けるのは、大変な仕事になるかもしれないぞ」

「わかっていますが――」

「若林は、すぐには送検されないだろう。ゆっくり考えてみようじゃないか」

と、十津川はいった。

二人は、JR西鹿児島《にしかごしま》駅近くの喫茶店に入った。鹿児島市には二つの駅があるが、鹿児島駅より、西鹿児島駅のほうが、市の中心地に近いのだ。

店の中は、すいていて、話をするにはよかった。

コーヒーを注文してからの話になった。

「若林が、事実を話しているのなら、川上ゆき子が、嘘をついていることになる」

と、十津川は煙草に火をつけて、亀井にいった。

「彼女は、嘘をついていますよ」

と、亀井はいった。

「そうだとすると、なぜ、彼女は、若林に嘘をついたんだろう？」

「問題は、そこにありそうですね」

「一つ考えられるストーリイがあるよ」

と、十津川はいった。

「どんなストーリイですか？」

「川上ゆき子が、若林を利用して、二宮という男を殺そうとしたというストーリイだよ」

と、十津川はいった。

「なるほど」

と、亀井は肯いたが、すぐ首をかしげて、

「しかし、もしそうなら、なぜ、彼女は、本当のことを、最初から、若林にいわなかったんでしょうか？　父親は三百万円を二宮のサラ金に借りていて、殴る蹴るの乱暴を受け、そのせいで入院し、結局、死亡したわけです。それを、そのまま若林に伝えたほうが、若林は、かッとなるはずですよ。それなのに、川上ゆき子は、自分が二宮から一千万円を借りて、その返済を迫られているから、話をつけてほしいと、若林にいったわけです。なぜ、そんなことをいったのか、わかりませんね。話し合いに行ったとなると、若林は、二宮を殺す可能性は、少なくなるわけですから」

「木刀の件は、どう思うね？」

と、十津川がきくと、亀井は、

「あれも、若林の言葉が、正しいのだと思います。そう考えないと、彼が可哀そうです」

と、亀井はいった。

「すると、こうなるね。若林は、話し合いのつもりで行ったが、二宮のほうは、最初から木刀を用意しておいて、いきなり若林に殴りかかってきた」

「そうです」

「勘ぐれば、ゆき子は、二宮に若林を殺させようと考えて、彼の所に行かせたことになる」

と、十津川はいった。

亀井は、コーヒーをひと口飲んでから、

「そうですね。そうなるんだ」

「しかし、二宮は、逆に若林に殺されてしまった」

「そうです」

「もし、そうだとすると、ゆき子は、なぜ、若林を殺したかったのかという疑問にぶつかる。若林の話では、彼女は、初めて会った女だというし、その言葉に嘘はないと思うね」

「川上ゆき子は、若林の父親と五年間暮らした女でしょう？　若林に、その間の苦労に対して、いくらか払えといい、若林がそれを断わったからというのは、どうですか？」

「しかし、だからといって、若林を殺したいとは思わないだろう？　弁護士に頼んで、金を取ろうとするんじゃないかね。現に、彼女には借金がなくて、六百万円の預金があったんだ」

「確かに、そうですね」

と、亀井も肯いた。

しかし、これでは、疑問は残ってしまうのだ。

十津川は、ゆっくりとコーヒーを口に運んでから、

「カメさんは、あの川上ゆき子をどう思うね？」

「美人じゃありませんが、男好きのする顔でしょうね。水商売に向いているんじゃありませんか」

と、亀井はいった。

「若林刑事の父親のほうは、どうだ？」

「どうだといいますと？」

「若林刑事の話だと、女にはマメな性格だったといっている。それに、昔は腕のいい

職人だったらしい。だが、金がないどころか、三百万の借金のある初老の男だ。水商売の川上ゆき子が、惚《ほ》れる相手だろうか？」

と、十津川はきいた。

「タデ食う虫も何とかといいますが、ちょっと、不似合いなカップルではありますね」

と、亀井はいった。

「五年も、同棲していたという話は、どうだね？」

「正直にいって、信じられませんね」

「だが、タデ食う虫と、君もいったが――」

「調べてみましょう。本当に、五年前からの仲だったかどうか」

と、亀井はいった。

6

その日と、次の日をかけて、亀井は、死んだ若林の父親の人間関係を洗い、また、川上ゆき子について、聞き込みを行なった。

十津川が動かなかったのは、二人で歩き廻ったのでは、目立って、ゆき子を警戒させてしまうと思ったからである。

若林は、留置されたままだった。彼は、二宮を殺したことは認めているのだから、釈放されなくて当然だった。

十津川と亀井は、一昨日と同じ喫茶店で、コーヒーを飲んだ。

「何かわかったかね？」

と、十津川は期待を持って、亀井にきいた。

「やはり、若林の父親と川上ゆき子との仲は、五年前からではないみたいです。若林の父親は、二年前から、旭荘《あさひ》というアパートに住んでいましたが、川上ゆき子が、訪ねてくるようになったのは、せいぜい、一年ほど前からのようです」

「関係があったことは、間違いないんだな？」

「そう思います。それに、若林の父親は、その一年間に、例のサラ金から三百万円の借金をしています。多分、彼女に貢《みつ》ぐためだったと思います」

「それなら、彼女が、恨むことはないわけだな」

「そのとおりです。したがって、そのために、ゆき子が若林刑事を殺させようとしたとは、考えられません」

と、亀井はいった。

「すると、ほかの理由か？　だが、若林は、個人的に川上ゆき子を知らなかったといっている」

十津川は、そういって、考え込んだ。

一本二本と、煙草をたて続けに吸っていたが、

「若林が、変なことをいっていたな」

「どんなことですか?」

「父親の遺体のことだ。彼がそのまま東京に運びたいといったら、彼女は、この鹿児島で焼いて、遺骨にして、持ち帰るようにすすめた。すすめただけでなく、勝手にその手続きをしてしまっていたんだ。若林が強く主張したので、これは中止されたがね」

「若林にしてみれば、父親の遺体を東京に運んで、母親に、正式に葬式をさせてやりたいと思ったわけですね?」

「そうらしい」

「ひょっとすると、それが、怪我の功名になるかもしれませんね」

と、亀井はいって、ニヤッとした。

「カメさんも、その考えか?」

「少しばかり、刑事的な考え方かもしれませんが――」

「この推理が正しければ、若林刑事を助けられるかもしれないな」

と、十津川はいった。

十津川は、鹿児島中央署に行き、署長の石田《いしだ》に、

「お願いがあります」

と、いった。

石田は、眉をひそめて、

「若林刑事の釈放要求なら、駄目ですよ。彼自身、殺したことは認めているんだから」

「それが無理なことは、知っています。私のお願いは、若林の父親の遺体を解剖したいので、それを許可していただきたいのです」

「しかし、それは、心不全とわかっているんじゃないんですかね？」

「そうですが、不審な点もありますので」

と、十津川はいった。

「しかし、遺族の許可が必要でしょう？」

「それなら、長男の若林に話しますよ。私が話せば、きっと、彼も、解剖して調べてくれというに違いありませんから」

と、十津川はいった。

石田は、仕方がないというように、肩をすくめて、

「私から、大学病院へ話しておきますよ」

と、いってくれた。

「感謝します」

と、十津川は礼をいった。

冷凍されていた若林の父親の遺体は、大学病院に運ばれた。

「何を調べるんですか？」

と、外科医が十津川にきいた。

「死因です」

「死亡診断書を見ましたがね、これは間違いなく、心不全の症状ですよ」

「私が知りたいのは、心不全を起こした原因です」

「原因？」

「そうです。ずばりといわせてもらうと、何かの薬が使われたんじゃないかと思っているんです。心不全と同じ症状を起こす薬があるでしょう？」

「もちろん、ありますが、それが使われたというんですか？」

「そうです。それを証明したいんですが、可能ですか？」

「もし、薬が使われたのなら、血液中に、残っているはずですから、わかりますよ」

「それなら、すぐ調べてください」

と、十津川はいった。

翌日には、結果がわかった。電話してくれた医者は、

「血液中に、現在、使用を禁止されている薬が見つかりましたよ。その薬の名前をいいますか？」

「その薬は、心臓発作を引き起こすんですか？」

「だから、禁止されたんです。それを、多量に与えられた形跡がありますね」

と、医者はいった。

「多量に投与されれば、必ず、心不全を起こしますか？」

「九十九パーセント、起きますね。特に、入院患者なら、起きなければおかしいですよ。しかし、なぜ、こんなことをしたんですか？　医者がやっても、何のトクもないし、家族ですかね」

「それを、私も、知りたいと思っていますよ」

と、十津川はいった。

7

「若林の父親は、殺されたんですか？」

と、亀井がきいた。

「間違いなくね。薬を使ってだよ。もともと、肝臓の薬だそうだが、心臓発作を起こすことがあるというので、使用禁止になったそうだ。多量に与えれば、間違いなく、心臓をやられるといっていたね」

と、十津川はいった。

「やったのは、あの女ですか？」

「そうだ。川上ゆき子だ。ほかには、考えられないよ。だから、一刻も早く遺体を焼いて、証拠を湮滅《いんめつ》しようとしたんだ」

「しかし、なぜ、そんなことをしたんですかね？」

と、亀井がきいた。

「そこが、問題だな」

「若林の父親は、二宮のサラ金に、三百万円の借金があったわけでしょう。それに、財産があるわけでもありません。なぜ、殺したんですかね？　重荷になってきたからですかね？」

と、亀井がきく。十津川は笑った。

「それなら、あっさり、放り出すよ。重荷になったが、なかなか別れられないというような、殊勝《しゅしょう》な女じゃないね」

「すると、理由は？」

「一つだけ、理由は考えられるじゃないか」

と、十津川はいった。

「保険金ですか？」

と、亀井がきいた。

「ほかにあるかね。若林の父親は、腕のいい家具職人だ。それに、まだ五十代だよ。かなり高額の生命保険に入れるんじゃないかな。川上ゆき子が、甘えた口調で頼めば、若林の父親は、喜んで生命保険に入ったと思うよ」

「さっそく、保険会社を当たってみます」

と、亀井は気負い込んでいった。

亀井が、鹿児島市内の保険会社を片っ端から廻った結果、予想どおり、若林の父親が六千万円の生命保険に入っていたことがわかった。

「面白いのは、受取人の名前です」

と、亀井は戻って来て、十津川に報告した。

「川上ゆき子じゃないのか？」

「もちろん、彼女の名前はありましたが、もう一人、例の二宮の名前が書いてあるんですよ。サラ金の二宮です」

「そうです。保険会社の話では、若林の父親が、この二人に大変、恩になっているので、どうしても二人を受取人にしたいといったそうです」

「二人の受取人？」

「二宮のほうは、三百万円を借りているから、いわされたんだろう」

と、十津川はいった。

「これで、ゆき子が、若林の父親を殺す動機もわかったし、さらに、二宮を殺す動機もあったことになりますよ」

亀井は、嬉しそうにいった。

「二宮を殺したかったとすると――」

と、十津川は考え込んだ。

「そうなんですよ。川上ゆき子は、若林をけしかけて、二宮を殺させたんじゃありませんかね。二宮が死ねば、六千万円の生命保険は、自分一人のものになりますからね」

「しかし、必ず、若林が二宮を殺すとは、限らないだろう？　第一、若林は、けしかけられて人を殺すような男じゃないよ」

と、十津川はいった。

「確かに、そうですが――」

「こういうことだと、思うんだよ」

と、十津川は煙草に火をつけてから、

「川上ゆき子にしてみれば、二宮が若林を殺してもよかったんだよ。殺人犯になって、刑務所に放り込まれてしまえば、それでも、六千万円はゆき子がひとり占めできる」

「ええ」

「そこで、若林を会わせる前に、二宮にこういっておく。若林は、刑事で、どうやら父親が毒殺されたことに気づいたらしい。このままでは、保険金はおりないし、二人とも捕まってしまう。だから、若林を殺してくれとね。それで、二宮は、前もって木刀を用意しておいて、いきなり殴りかかったんだろう。二宮のほうが、若林を最初から殺す気だったんだ」

「しかし、失敗して、逆に、若林に殺されてしまいましたね」

「ああ」

「それも、ゆき子の計算に入っていたんでしょうか？」

と、亀井がきいた。

「もちろん、考えていたと思うね。抜け目のない女だからね。逆に、若林が二宮を殺してもいいんだ」

「それはわかりますが、二宮が怪我だけですんで、すべてを自白してしまう危険があったんじゃありませんか？」

と、亀井がきいた。

「それはなかったんだよ」

「なぜですか？」

「電話だよ」

と、十津川はいった。

「若林があわてて一一九番しようとしたら、部屋に電話がなかったので、仕方なく外へ飛び出して、外の公衆電話から一一九番した。あのことですか？」

と、亀井がきく。

「そうさ。若林は、飛び出して行く。その隙に、川上ゆき子があの部屋に入って行って、倒れている二宮にとどめを刺す。だから、二宮が、怪我だけですむことはありえないんだ」

と、十津川はいった。

「木刀も、そのときに始末したわけですか？」

「そうだよ」

「しかし、電話は、どうなんですか？　あの部屋には、実際には、電話はあったんですから」

と、亀井がいった。

「現場へ行ってみようじゃないか」

と、十津川はいった。

8

翌日、二人は、二宮が住んでいたマンションに出かけた。

彼の部屋は、まだ立入り禁止になっていた。十津川は、そこにいた管理人に警察手帳を見せて、部屋に入れてもらった。

電話機は、間違いなく、部屋の隅の台の上にのっていた。

「これが、若林には、なぜ見えなかったんですかね？」

亀井は、不思議そうにいった。

「簡単なことさ。そのとき、なかったからだよ」

と、十津川はいい、電話機に近づくと、コードを探ってみていたが、

「カメさん、やっぱりだ。差し込みになっているんだよ。あのとき、ここから外して、電話機は押入れにでも隠してあったんだと思うね」

と、いった。

亀井も、コードの根元を見た。電話台で隠れていたが、確かに差込み式になっていた。

「じゃあ、ゆき子があらかじめ抜いておいたんですか？」

と、亀井がきいた。

「彼女が勝手にそんなことをしたら、二宮が怪しむさ。多分、彼女は、若林を会わせる前に、二宮にこんなふうにいったんだろう。若林を殺してほしいと頼んだあとにね。若林は、東京の刑事だ。もし、部屋の電話を使って一一〇番されたら、すべてが終りになってしまう。だから、電話は隠しておいたほうがいいとね。二宮は、その言葉を信じて、自分で、電話を隠しておいたんだと思うね」

と、十津川はいった。

「なるほど」

「川上ゆき子は、若林が一一九番しに外に飛び出した隙に、三つのことをしたんだよ。二宮にとどめを刺し、木刀を始末し、そして、電話を元に戻したんだ」

「やるもんですね」

「だが、二宮が死んでしまった今、それを証明するのは難しいんだよ。若林の父親の死が殺人とわかっても、はたして、薬を与えたのが、ゆき子と証明できるかどうかわからないし」

「彼女に、決まっていますよ」

「もちろんだ」

「保険会社には、若林の父親の死が、毒殺の疑いがあると、教えてやりました」

「それで、保険金は？」

「書類が完備していたので、支払われてしまったそうですが、毒殺なら、弁護士を立てて、返済を川上ゆき子に要求するといっていました」

「それは、面白いな」

と、十津川はいった。

二人は、外に出た。

「まず、鹿児島県警に、若林の父のことを話しておこう。毒殺とわかれば、若林の扱いも少しは違ってくるはずだ」

と、十津川はいった。

中央署に着くと、十津川は、石田署長と藤村警部に、若林の父親の死の真相を伝え、二宮殺しについて、自分の推理を話した。

「すっかり、心不全と思っていましたがねえ」

と、藤村はその件では納得した様子だったが、

「若林刑事が二宮を殺した件は、どうも納得できませんね。突然、本当は、川上ゆき

子が殺したんだといわれましてもね。当の若林刑事が、自分が殺したと自供しているし、川上ゆき子がとどめを刺したという証拠もないわけでしょう？」

と、付け加えた。

「若林は、自分が殺したと思い込んでいるだけです。まさか、川上ゆき子に、罠《わな》にはめられたとは、思っていないでしょうから」

と、十津川はいった。

「必要なのは、証拠ですよ」

と、署長がいった。

「それは、私が見つけますから、若林を送検するのは、待っていてください」

と、十津川はいった。

「本当に、そんな証拠が見つけられますか？」

と、藤村はきいた。

「見つけますよ」

と、十津川はいった。

だが、十津川にしても、別に成算があるわけではなかった。

亀井が、小声で十津川に、

「今、川上ゆき子のマンションに電話してみたんですが、いませんでした。この時間では店に出ているはずもないし、逃げたんじゃないでしょうか？」

「逃げたか」

「なにしろ、六千万円の保険金の返却を求められていますからね。それに、若林の父親の毒殺がバレそうだとなれば、六千万円を持って逃げ出したとしても、おかしくはありません」

「彼女のマンションへ行ってみよう」

と、十津川はいった。

二人がゆき子のマンションに着いたのは、午後二時前である。

管理人に、ゆき子の部屋を開けさせて、十津川と亀井は、中に入った。

寝室のベッドの上に服が散乱し、入口にも、何足かの靴が放り出してあった。

「あわてて、出かけた感じだな」

と、十津川は部屋の中を見廻しながらいった。

「六千万円と一緒にでしょう」

と、亀井がいう。

「それに、預金通帳や印鑑も一緒らしい」

と、十津川はいった。洋ダンスの引出しも、全部、開いていたからだった。

「何処《どこ》へ逃げたんでしょうか？」

「多分、この鹿児島から、出る気だろう」

と、十津川はいった。

「出るとすると、飛行機か、列車ということになりますね」

「彼女は、運転はできるのかな？」

「車は、持っていませんよ」

と、管理人がいった。

「まず、空港へ行ってみよう」

と、十津川はいった。

十津川は、亀井と、タクシーを拾い、鹿児島空港に飛ばした。

空港に着くと、ゆき子の人相をいい、搭乗《とうじょう》しなかったかどうか、聞いて廻った。

鹿児島からは、東京、大阪、名古屋、福岡、それに沖縄に便が出ている。

だが、どのカウンターでも、川上ゆき子と思われる女が切符を買った形跡はなかった。

二人は、またタクシーを拾い、JR西鹿児島駅に向かった。

タクシーを拾って逃げるのは、運転手に顔を覚えられてしまうので、多分、彼女は避けるだろう。とすれば、あとは、列車だけしかない。

だが、こちらは、乗客の数が多いので、目撃者を見つけるのが、大変だった。改札係の眼を頼るほかはないのだが、川上ゆき子を見たという証言は、なかなか得られなかった。

十津川は、駅から藤村警部に電話をかけた。

「川上ゆき子が、逃げました。列車を利用したと思うんですが、どの列車かわかりません。そちらでも、なんとか調べてもらえませんか」

と、十津川は頼んだ。

「やってみましょう。十津川さんは、どうされるんですか？」

と、藤村がきいた。

「しばらく、西鹿児島駅で、聞き込みをやってみます」

と、十津川は答えた。

改札係のほかに、ホームにいる駅員たちにも当たってみた。

だが、ゆき子を見たという駅員は、見つからなかった。

「参ったな」

と、十津川は吐息をついた。

もし、川上ゆき子が消えてしまったら、若林を、助けられなくなるかもしれないのだ。

十津川は、腕時計に眼をやった。午後四時に近い。こうしている間にも、ゆき子は、どんどん、鹿児島から離れて行ってしまうのだ。東京や大阪のような大都会にもぐり込んでしまったら、探し出すのは難しいだろう。

「十津川さん！」

と、突然、呼ばれた。

振り向くと、藤村警部が、息をはずませながら、駈け寄って来るのが見えた。ホームにいた乗客の何人かが、何だという顔で、こちらを見ている。

「どうしたんですか？」

と、十津川のほうからきいた。

「彼女が、見つかりました！」

「どこでですか？」

「西鹿児島発、博多行きの特急『有明《ありあけ》36号』の車内です。死体で見つかりました」

「死体で？」

十津川は、亀井と、顔を見合わせた。

「そうです。背中を刺され、トイレで死体で見つかったと、大牟田《おおむた》の警察から報告があったんです。熊本《くまもと》と大牟田の間で見つかったそうです」

と、藤村はいった。

「それで、六千万円の入ったバッグは、見つかったんでしょうか？」

十津川は、きいてみた。

「いや、所持品は、ハンドバッグだけだったということです」

「犯人が、持ち去ったんですよ」

と、亀井が小声でいった。

藤村は、十津川に向かって、

「われわれは、これから大牟田へ行きますが、十津川さんは、どうされますか？」

「そうですね」

と、十津川はちょっと考えてから、

「私は、行きたいところがあるので、あとからにします」

と、いった。

9

十津川は、西鹿児島駅から出た。

「なぜ、大牟田へ行かないんですか？」

と、亀井がきいた。

「死んでしまった人間から、何も聞き出せないからね」

と、十津川はいった。

「しかし、この鹿児島で、どうするんですか？」

「川上ゆき子を殺した犯人に、会いに行くんだよ」

「犯人が、わかっているんですか？」

「もちろん、わかってるさ」

と、十津川はいった。

「しかし、誰が――？」

「彼女が殺され、六千万円が奪われたので、犯人がわかったんだよ」

と、十津川はいい、タクシーをとめた。

乗り込むと、十津川は、運転手に行き先を告げた。

着いたのは、郊外にある大きな家の前だった。

亀井は、その家の表札を見上げて、

「内藤《ないとう》？　誰の家ですか？」

「若林の父親が入院していた病院の院長の自宅だよ」

と、十津川はいった。

「あの病院のですか？」

「ああ、自宅を聞いておいたんだ」

「院長が、犯人ですか？」

「使用禁止になった薬は、普通では、手に入らないだろう。手に入るのは、病院関係者だよ。そう考えれば、院長が若林の父親の毒殺に関与しているに違いない。とすれば、川上ゆき子は、その見返りを約束しているはずだよ」

と、十津川はいった。

「すると、六千万円の保険金の一部を、院長にやる約束をしていたということですか？」

と、亀井がきいた。

「それがなければ、入院患者を毒殺するなんてことはしないだろう」

「それなのに、川上ゆき子は、六千万円を持って逃げ出したので、怒った内藤院長が、特急『有明』の車中で殺し、六千万円を奪ったわけですね」

「そうだよ」

「そして、ここへ帰ってくる――」

「私の推理が、当たっていればね」

と、十津川はいった。

亀井は、落ち着きがなくなっているようだった。待つのは、どうしてもいらだつものである。

「ゆき子の死体は、大牟田の手前で見つかったといっていましたね？」

「熊本と大牟田の間だ」

「すると、犯人は、熊本で降りた可能性が強いですね。特急『有明36号』は、熊本と大牟田の間は、ノンストップですから」

「多分ね」

「熊本は、確か、一四時五五分着です。そこから、引き返すとして、間もなく、帰って来なければおかしいですが」

と、亀井はいった。

十津川は、笑って、

「カメさん。相手は、悪いことをして、帰って来るんだ。多分、暗くなってから帰るんじゃないかね」

「そうだとすると、時間がありますね。落ち着きませんね。早く、戻ってくればいいのに」

と、亀井は、舌打ちをした。

だが、十津川の予想どおり、内藤は、なかなか帰らなかった。

陽が落ちて、暗くなった。

午後八時過ぎになって、やっと、タクシーが門の前でとまった。

男が、一人降りた。大きなスーツケースを持っている。

タクシーが走り去るを見送ってから、男はスーツケースを持ちあげ、門を入ろうとした。

十津川と亀井が、その前を塞《ふさ》ぐようにして、飛び出した。

相手はぎょっとした感じで、立ちすくんだ。

十津川は、ライターをつけて、その明かりで男の顔を照らし出した。

「内藤さんですね？」

「なんだ？　君たちは」

と、内藤院長が声を荒らげた。

「前に一度、病院のほうに、お邪魔したものですよ」

と、十津川はいい、相手の鼻先に警察手帳を突きつけた。

暗かったが、内藤が狼狽《ろうばい》するのがわかった。それでも、語調は荒く、

「警察が、何の用だね？」

「そのスーツケースの中身を知りたいんですよ」

「これは、着がえなんかが入っているんだ。明日、旅行に行くんでね。病院から、持って来たんだよ」

「中身を拝見できませんか？」

「なぜ、君たちに見せなければいけないんだ？　そこをどきなさい。用があるんなら、明日、また来てくれたまえ」

「明日は、旅行にお出かけになるんじゃなかったんですか？」

十津川が、皮肉ないい方をした。

「それは――」

と、内藤がいいかけるのに、亀井が、

「とにかく、拝見！」

と、叫んで、いきなりスーツケースを奪い取った。

「あッ」

と、内藤が叫び声をあげた。

亀井は、構わずにスーツケースを地面に置いて、ファスナーを開けた。

ぎっしり詰まった一万円札の束が、現われた。

「川上ゆき子殺害容疑で逮捕する！」

と、十津川はわざと大声で怒鳴った。

10

スーツケースには、殺された川上ゆき子の指紋があった。

そのほか、特急「有明36号」の車内で、内藤を見たという目撃者が現われたりして、内藤は、自供を始めた。

十津川は、それでも不安だった。若林を助けられるような証言が得られるかどうか、わからなかったからである。何といっても、肝心の川上ゆき子が、殺されてしまっているからである。

翌日、藤村警部に呼ばれて、亀井と中央署に出かけて行くと、いきなり、

「若林刑事を、釈放しますよ」

と、笑顔でいわれた。

「本当ですか?」

「本当です」

「しかし、どうして、彼の無罪が証明されたんですか?」

と、十津川がきくと、藤村は、

「内藤院長の自供ですよ。彼は、なるべく自分の罪を軽くしたいと思ったのか、川上

ゆき子がどんなに悪い女か、べらべら喋りましてね。彼女がどんな計画を立てていたかも、すべてわかりました。二宮殺しの一件もです。そのあと、ゆき子は、内藤に向かって、自分の頭のよさを、トクトクと喋ったそうです」

「二宮殺しは、私の想像したとおりだったんですか?」

と、十津川はきいた。

「ほとんど十津川さんの推理どおりだったようです。若林刑事と二宮が争っているとき、ゆき子は、自分の計画がうまくいくかどうか、息を殺して、マンションの外で見守っていたようです。若林刑事が飛び出してきたので、すぐ五階まであがって行き、まだ息のあった二宮を、そこにあった木刀で殴りつけて絶命させ、その木刀を持って逃げたそうです。ああ、電話も直してです」

「その話を、彼女は、内藤院長に聞かせていたわけですね?」

「自慢げに、話していたそうですよ」

と、いって、藤村は笑った。

「内藤は、いくら貰うことになっていたんですか?」

と、亀井がきいた。

「二千万です。つまり、内藤、ゆき子、そして二宮の三人で、等分に六千万円を分ける約束になっていたそうです。それを、そっくり持ち逃げされたんで、内藤は、かッとしたといっていましたね」

「ゆき子と二宮とは、どんな関係だったんですか？」

と、十津川がきいた。

「内藤の話では、一時、二人は同棲していたこともあったようですよ」

と、藤村はいった。

＊

二日後、若林は、東京で、父親の葬儀を行なった。喪主《もしゅ》は、母にした。

翌日、若林は、十津川に、

「母が、嬉しそうな顔をしていました」

と、報告した。

西の終着駅の殺人

1

東京駅の10番線ホームは、帰省客で、あふれていた。

東京警視庁捜査一課の若い清水《しみず》刑事も、その中にいた。

清水は、南九州の枕崎《まくらざき》の生れである。

八月十三日から二日間、夏祭りが行われるので、東京や大阪へ出ていた人々も、帰って来る。

清水も、両親から、帰省するようにいわれているのだが、去年も、事件に追われて、帰ることが出来なかった。

今年は、三日間の休暇を貰っての帰省である。

午後四時三十五分。あと十五分で、清水の乗るブルートレインの「はやぶさ」は、発車する。

明日の飛行機の利用も考えたが、結局、ブルートレイン「はやぶさ」にしたのは、清水が、初めて、上京した時、この列車を使ったからである。

郷里の枕崎に帰るのは、四年ぶりだろうか。夏祭りに参加するとなると、六年ぶりかも知れない。

子供のように、胸が、わくわくする。子供の時に担《かつ》いだみこしの思い出が、よみがえってくる。

売店で、駅弁と、煙草《たばこ》を買って、「はやぶさ」に乗り込みながら、清水が、気になったのは、台風が、九州に近づくのではないかということだった。

現在、台風11号は、宮古島《みやこじま》の南にいる。時速十五キロというゆっくりしたスピードで、北上しているが、急に、速度をあげ、下手《へた》をすると、九州へ上陸しかねない。そうなったら、祭りは中止になってしまうだろう。

「はやぶさ」の乗客は、清水のように、九州まで行く人が多いらしく、ホームで、心配そうに新聞の天気予報のところを見ている。

清水は、自分の切符を、見直してから、6号車に乗り込んだ。

6号車の9下段の席である。

普段、ブルートレインは、五十パーセントぐらいの乗車率ということだが、夏の帰省シーズンに当ったせいか、ほぼ、満席になっている。

家族連れが多く、通路に、子供の声がやかましいのも、このシーズンだからだろう。

一六時五〇分。

「はやぶさ」は、東京駅を、発車した。まだ、強い西陽《にしび》が、窓に当っている。しばらくは、明るいだろうし、眠る気分にはなれまい。

清水は、寝台に横になって、週刊誌を読み始めた。

列車は、横浜《よこはま》、富士《ふじ》、静岡《しずおか》と停車した。

清水は、途中で、駅弁を広げて、食べ始めた。

新幹線での旅行の時には、食堂車を利用するが、他の列車の時には、清水は、なるべく、駅弁を食べることにしていた。特別な理由が、あってのことではないのだが、何となく、そうしているのである。

食事をすませてから、「はやぶさ」に連結してあるロビー・カーに行ってみた。ソファや、テーブルに、五、六人の乗客がいて、お喋《しゃべ》りをしたり、自動販売機で買ったビールを飲んだりしていた。

清水も、缶ビールを買い、空いている席を探した。

車窓に面して並んでいる椅子《いす》の一つが空いていたので、清水は、それに腰を下ろした。

小さなテーブルがついているので、それに缶ビールをのせ、清水は、煙草に火をつけた。

眼の前の窓ガラスには、夜景が、広がっている。

その夜景が、横に流れていく。

「すいません」

と、ふいに、横の椅子にいた若い女が、声をかけて来た。清水が、「え?」という顔を向けると、彼女は、

「台風が、どの辺に来てるか、ご存知だったら、教えて頂けません?」

と、真剣な表情でいった。

年齢は二十五、六歳だろうか。美人だし、着ているものは高そうだが、どこか、暗い、かげを感じさせた。

「夕刊では、まだ、沖縄のずっと、先だということでしたがね」

「九州は、大丈夫かしら?」

女は、窓の外に眼をやって、呟《つぶや》いた。

「あなたも、九州へ行かれるんですか?」

清水は、興味を感じて、女に、きいた。

「終点の西鹿児島《にしかごしま》まで行くんです。だから、台風のことが、心配で」

「僕も、西鹿児島までです。故郷《くに》が、枕崎でね。だから、余計、心配なんですよ。台風銀座ですからね」

「枕崎なら、子供の時、遊びに行ったことがあるわ」

女は、急に、眼を輝かせ、枕崎で遊んだ時の思い出を、喋《しゃべ》り始めた。その中には、小学生の夏休みの時、枕崎へ行って、祭りを見たことも、入っていた。

彼女の話は、具体的で、清水の思い出を、いやがうえにも、かきたててくれた。

「ひょっとすると、子供の頃、枕崎で一緒にいたかも知れないな。僕は、小学生の頃、目立ちたがりで、いつも、お祭りの先頭に立ってたね。特に、女の子が見てると、異常に張り切ってね」

清水がいうと、女は、嬉《うれ》しそうに笑って、

「いたわ。そういう男の子が」

「いたろうな。あの頃が、僕にとって、思春期だったのかも知れないな」

「かっこのいい男の子がいたわ」

「それが、僕だといいたいが、違うだろうね。僕は、子供の頃、チビでね。すばしっこかったけど、かっこはよくなかったかも知れないな」

「小さくても、かっこのいい男の子がいたわ。あれ、あなただったかも知れない」

女が、フォローしてくれて、清水は、彼女に、一層、親しみを感じた。

清水が、先に、自分の名前をいうと、女も、新井《あらい》はるみと、教えてくれた。

「車掌さんは、天気のこと、知ってないかしら？」

と、そのはるみが、いった。

「僕が、聞いてくる」

清水は、立ち上った。

1号車に向って歩いて行く途中で、専務車掌に出会ったので、一番新しい天気予報は、わからないかと、聞いてみた。
五十二、三歳の専務車掌は、笑って、
「ご心配ですか？」

と、きき返したところをみると、清水の他にも、乗客の多くが、専務車掌に、天気のことを、聞いているらしい。

「鹿児島の枕崎に、帰郷するんですが、台風のことが、心配なんですよ。明日、夏祭りなんでね」

「なるほど。名古屋に停車した時、駅員が、最新の台風情報を書いて、渡してくれました」

と、専務車掌はいい、ポケットから、折りたたんだ紙片を取り出して、見せてくれた。

〈午後七時の台風情報〉

と、書かれてあった。

どうやら、名古屋の駅員が、サービスの一つとして、九州方面に行く列車の乗務員に、渡しているもののようだった。

〈台風11号は、午後七時現在、宮古《みやこ》島の南東二百キロにあって、一時間十五キロというゆっくりしたスピードで、北上を続けている。しかし、この時期の台風のクセとして、突然、スピードをあげることがあるので注意が必要である。台風11号が、最悪のコースをとった場合は、九州南部に上陸し、九州を縦断して、本州に達することも、考えられる〉

清水は、それを覚えて、ロビー・カーに戻った。

はるみは、心配そうに、清水を迎えて、

「どうでした？」

「今のところ、この列車が、西鹿児島に着くまでは、大丈夫みたいだよ。台風11号は、のろのろとしか、動いていないみたいだから。急に、スピードを上げると、危ないらしいが」

清水は、安心させようとして、大丈夫の方に、力を入れて、いったのだが、はるみは、眉《まゆ》をひそめて、

「きっと、台風とぶつかってしまうわ」

「なぜ？　今のところ、大丈夫だという予報だよ」

「でも、台風がスピードをあげたら、危ないんでしょう？」

「それは、ひょっとするとだね。大丈夫の確率の方が、高いんだ」

「私は、ずっと、運が悪いの。だから、きっと、台風にぶつかって、この列車が、停《と》まってしまうわ」

はるみは、肩をすくめた。

清水は、元気づけるように、

「僕はね、ずっと、運がいいんだ。自動車事故の時も、他の奴《やつ》は、怪我《けが》をしたけど、僕だけは、かすり傷もなかった。子供の時から、運が強いんだよ。だから、僕が一緒だから、台風には、ぶつからないよ」

「私は反対なの。私だけが、駄目になるのよ」

「そういう考えは、やめた方がいいな」

清水は、何となく、説教口調になってしまった。

「悪く、悪く考えてると、本当に悪くなってしまうよ」

「ありがとう。でも、本当に、私の人生って、上手《うま》くいかないの」

「そうかな」

清水は、じっと、はるみを、見つめた。

はるみは、くすぐったそうな顔をして、

「何を見てるの?」

「君を見てるんだよ。君は、魅力的な美人だ。これだけだって、君は、幸運じゃないか。それに、着ているものだって、かなりの高級品だと思うね。男の僕には、女の人の服装なんか、よくわからないが、それでも、いいものを着てることだけはわかる。それで、不幸だとか、何をしても、上手くいかないなんていってるのは、ぜいたくじゃないかな」

清水が、いうと、はるみは、手を振って、

「あなたには、わからないわ」

「そりゃあ、僕は、君のことは、何も知らないさ。今日、初めて会ったんだからね。でも、僕の性格として、君のいい分には、賛成できないんだな」

「変な人ね」

と、はるみは、笑った。

「どうして?」

「他人が、幸福になろうが、不幸になろうが、構わないじゃないの」

「しかし、気になるんだな。まるで、台風にぶつかったら、何もかも、駄目になるみたいないい方をするからだよ」

清水がいうと、はるみは、急に、暗い表情になって、

「本当に、駄目になるんだわ」

と、これは、ひとりごとのように、いった。

「それは、変じゃないかな。万一、台風にぶつかって、この列車が、おくれたって、人生自体が、変わるわけじゃないんだからね。僕だって、ちゃんと、定時に西鹿児島に着いてくれないと、枕崎のお祭りに、間に合わなくなるけど、それで、僕の人生そのものが、変わるわけじゃない」

清水が、妙に、勢い込んでいったのは、はるみに、それだけ、魅力があるということだろう。魅力的な女の前では、男は、能弁になるというからである。

はるみは、黙って、缶ビールを飲んでから、

「私ね、賭《か》けたのよ」

「賭けたって、何を賭けたの？」

「この列車が無事に、時間通りに西鹿児島に着いたら、私は、助かる。もし、駄目だったら——」

そこまでいって、急に、口をつぐんでしまった。

清水は、気になって、

「駄目だったら、どうなるわけ？」

と、きいた。はるみは、いやいやをするように、首を振って、

「そんなこと、いいじゃないの」

「気になるんだよ。助かるっていうのだって、変ないい方だしね」

「何でもないのよ」

「いいかけたんだから、教えてくれないかな」

「何でもないの。それに、これは、私自身のことで、あなたには、関係ないわ」

「そうかも知れないが、気になるんだ」

「でも、他人のあなたには、どうにもならないわ」

「それはそうだが、折角、同じ列車に乗ったんだし、こうして、ロビー・カーで、お喋りをしたんだしね。何か、気になることや、悩んでいることがあるんなら、話してくれないかな。若いけど、これで、なかなか、頼りになるんだよ」

「牧師さん？」

「いや。違うけど、似たような職業かも知れないな」

「ふーん」

と、はるみは、考えるような眼をしたが、また、肩をすくめるようなゼスチュアをして、

「何でもいいじゃないの。嫌な話は、もう止めましょう。乾杯」

と、缶ビールを手に持った。

清水は、はぐらかされたような気がして、

「君の話を聞きたいんだがなあ」

「いいの、いいの。楽しい話をしましょうよ」

はるみは、はしゃいだ声を出した。そのあと、とりとめのない話を、だらだらとしていたが、それが、五、六分も続いたあと、急に、はるみの表情が、変わった。

「私ね、逃げるために、この列車に乗ったのよ」

と、はるみは、真剣な眼で、清水を見た。

2

清水も、つられて、自然に、真剣な眼になった。

「誰から逃げようとしてるの？」

「それは、いえないけど、このまま、西鹿児島に着いたら、きっと、逃げ切れると、自分に、いい聞かせてるのよ。でも、今までも、ずっと、上手くいかなかったから、きっと、駄目になるの」

「誰かが、君を捕えに、追いかけて来るというのか？」

「そう」

「なぜ、警察にいわないんだ？　事情を話せば、君を守ってくれると思うけどね」

「警察は駄目、動いてくれる筈《はず》がないのよ。だから、自分で、逃げ出したの」

はるみは、声をひそめて、いった。

「何から逃げてるのか、教えてくれないかな」

と、清水は、同じことをいった。

「でも、あなたが、それを知ったら、今度はあなたが狙《ねら》われることになるわ」

「そんなこと、構わないよ」

「駄目だわ。あなたまで、巻添えには出来ないわ」

「もう、巻添えになってるよ」

と、清水は笑って見せた。

はるみは、そんな清水を見て、

「怖くない？」

「別に、怖いとは思わないね。正直にいうと、殺されるとか、脅かされるといったことには、馴《な》れてるんだよ」

「――――？」

はるみは、考えるような眼になっていたが、

「大変なお金持ちの人がいたの。名前も知られているわ。政治家にも、芸能人にも、

沢山知り合いがいて、世間では、名士で通っているわ」

「うん」

「それと、九州の田舎《いなか》から上京して、銀座のデパートで働いていた娘がいたの。ある日、突然、彼女は、その偉い人の秘書になったわ。有名人だし、人格者の秘書ということで、彼女は、有頂天《うちょうてん》になっていたわ。周囲の人たちも、祝福してくれたわ。ところが、その中《うち》に、彼が、人格者なんかじゃないことが、わかって来たの。それどころか、悪人だったわ。もっと、具体的にいえば、二年前に起きた事件の真犯人だということも、知ったのよ」

「それ、どんな事件だったの？」

と清水は、きいた。

清水が、刑事として、捜査一課に配属されたのは、丁度、二年前である。もし、東京で起きた事件なら、ひょっとして、自分が、関係しているかも知れない。

「猟奇《りょうき》的な事件だったから、新聞が、毎日、かきたてたわ」

「その事件の犯人だったわけ？」

「犯人は、捕って、もう死刑の判決を受けたわ。でも、本当は、違ってたの。それを知って、彼女は、怖くなったわ」

「なぜ、警察に、いわなかったの？」

「証拠がないわ。ただ、彼が、自慢げに、部下の一人に、あの事件の犯人は、自分だというのを聞いただけなのよ」

「なるほどね」

「それから、秘書をやめて、逃げたくなったわ。でも、なかなか、逃げられなかった。怖かったし、正直にいえば、お金のこともあったわ。夢みたいな給料をくれてたの。多分、彼のつもりでは口止め料も、入っていたんじゃないかと思うわ。黙って、何も考えずに働いていれば、ぜいたくが出来るというのも、逃げられない理由の一つだったわ」

「それが、やっと、逃げる決心がついたわけなんだね？」

「ええ。でも、逃げ切れるかどうか、わからないわ。ただ、自分に、いい聞かせてみたの。もし、台風にぶつかりもせずに、無事に、西鹿児島に着けば、逃げられるってね。もしうまく、西鹿児島に着いたら船を一隻《そう》買って、九州の海を、ふらふらしてみようかと思ってるの。そのくらいのお金は、貯《た》めたし、海が好きだから」

「証拠があればねえ」

「え？」

「君のいう、いやな男のことさ。二年前の事件の真犯人だという証拠があれば、逮捕できる。そうすれば、君だって、逃げ廻《まわ》る必要はないんだ」

「駄目だわ。証拠がないから、彼は、平気でいるのよ」

と、はるみは、小さく、溜息《ためいき》をついた。

急に、何かを叩《たた》くような音がした。雨滴が、窓ガラスにぶつかり始めたのだ。

はるみの顔が、暗くなった。

「やっぱり、台風が、近づいて来てるんだわ」

「そんなことは、ないよ。こんな雨は、すぐ止むよ」

「そうだと、いいんだけど」

「止むさ」

と、清水は、力をこめて、いった。

しかし、窓に当る雨滴の勢いは、どんどん強くなっていった。

3

午前一時近くになって、清水は自分の座席に引き揚げた。

はるみも、少し眠ると、いった。

ブルートレイン「はやぶさ」は、雨と風の中を走り続けている。

神戸《こうべ》を通過したあたりである。この列車は、朝の五時〇七分に、岩国《いわくに》に着くまで、停車しない。

もう、ほとんどの乗客は、眠っていた。カーテンの中から、寝息が聞こえてくる。歯ぎしりの音もする。

清水は、ベッドに、もぐり込んだが、なかなか、眠れなかった。

雨と風の音が聞こえるのと、はるみの話が、頭に、こびりついていたからである。

彼女の話が、でたらめとは、思えなかった。

（二年前の猟奇的な事件か）

確かに、そんな事件が、あった。

夏だった。

例年にない熱波が、東京を襲っていた。

そんな暑さの中で、若い女が、次々に、全裸で殺される事件が、起きた。

乳房を、ナイフで切り裂かれ、どの死体も、血まみれだった。そのくせ、なぜか、性交の形跡はないのだ。

不能者か、或《あ》いは、女の犯行と思われた。

四人目の被害者が、出たところで、犯人が、逮捕されたのである。

二十五歳の無職の青年だった。覚醒剤《かくせいざい》をやっており、二十一歳の時、結婚したのだが、不能であることがわかって、離婚していた。

青年は、自供した。が、弁護士は、精神錯乱を理由に、無実を主張した。

あれは、結局、無期懲役の判決を受けたのではなかったろうか。

煙草《たばこ》を、何本か吸い、缶ビールをあけた末、やっと、清水は、眠りにつくことが出来た。

4

熊本で、うしろの八両が、切り離され、六両だけになって、終着の西鹿児島に向ったのだが、その頃から、一層、風雨が強くなってきた。

はるみの予感が、当ってしまったのだ。

台風11号が急にスピードをあげて、九州南部に、上陸の気配を見せたのである。

急に、「はやぶさ」が、停車した。

同時に、電灯が消えてしまった。昼間なのだが、車内は、いっきにうす暗くなってしまった。

どうやら、この先で、架線が切れてしまったらしい。

雨が、窓を叩き、外を見ると、遠くの木々が、ゆれ動いているのがわかった。

何か、小石でも当ったのか、屋根で、大きな音がした。

あと、何キロかで、終着の西鹿児島なのに、列車は、全く、動かなくなってしまった。

クーラーも、止まって、少しずつ、車内がむし暑くなってきた。

車掌のアナウンスもないので、どんな状態なのか、わからない。

6号車にいた清水は、先頭の1号車に向って、通路を歩いて行った。

「はやぶさ」の1号車は、個室寝台である。その4号室だと、ロビー・カーで別れるとき、はるみが、教えてくれていたからである。

1号車は、片側が、通路になっていて、その通路に面して、十四の個室が、並んでいる。

ここも、クーラーがきかなくなっていて、個室から、通路に出て、涼をとっている乗客の姿が多かった。

清水は、4号室の前に行き、ドアをノックした。

返事がない。

清水は、急に不安になった。昨夜、ロビー・カーで、はるみが、強い不安を、口にしていたからである。

こぶしを作って、ドアを、激しく叩《たた》いたが、相変わらず、応答が、なかった。

清水は、1号車のデッキの近くにある乗務員室に行き、専務車掌をつかまえた。

「4号室を、あけてくれませんか」

と、清水は、いった。

「4号室のお客さんですか？　確か、あの部屋は、若い女の人が、おいでの筈《はず》ですが」

専務車掌は眉《まゆ》をひそめて、清水を見た。

「わかってますよ。その女性の様子がおかしいから、見てくれって、いってるんですよ」

「おかしいって、なぜですか？　やたらに、開けるというのは、まずいですよ」

と、専務車掌がいう。

清水は、いらいらして来て、

「僕は、警視庁の刑事だ。早くあけるんだ！」

と、怒鳴った。

その勢いに、驚いて、車掌は、4号室へ行き、ドアのカギを開けてくれた。

清水が先に、中に入った。

ベッドの上で、はるみが寝巻姿で、俯伏《うつぶ》せに横たわっていた。

眠っているのではないことは、すぐわかった。清水が、あんなに強くドアを叩き、中に入っているのに、起き上がって来ないからである。

彼女のくびに、紐《ひも》が巻きついているのが見えた。

「おい」

と、清水は、背中を叩いた。

だが、何の反応もない。手首をつかむと、脈がなくなっていた。

「どうしたんですか？」

と、うしろで、専務車掌が、きいた。

「死んでるんだ」

「そんな――」

「のどを絞められて、殺されてるよ」

清水は、乾いた声で、いった。

まだ、身体は、あたたかい。殺されて、間が、ないのだ。

「どうしたらいいんですか？」

車掌が、青い顔で、きいた。

「この列車は、いつになったら、動くんですか？」

「切れた架線が、復旧すれば、動きます。或いは、ディーゼル機関車が来て、引っ張ってくれるかです」

「いつになるか、わからないんですか？」

「わかりませんね。台風が、鹿児島に近づいていますから」

「困ったな」

と、清水は、呟《つぶや》いた。

清水の胸に、はるみの言葉が、よみがえってくる。

私は、不運つづきだという言葉である。殺されてしまったのを見ると、彼女の言葉が、強烈に、思い出されてくるのだ。

清水は、そんなことはないと、励ました。

彼の手で、犯人を捕まえてやれば、少しは、はるみの霊も、浮かばれるだろうか。

5

一時間近くたって、やっと、ディーゼル機関車が、やって来た。

それが、六両編成の「はやぶさ」を、あと押する恰好《かっこう》で、のろのろと、動き始めた。

終着の西鹿児島に着いたのは、午後五時近かった。

西鹿児島の駅も、鹿児島の町も、停電中だった。

暴風雨の真っただ中に置かれているのだ。

そんな中で、はるみの遺体は、ひとまず、駅舎の隅に運ばれた。

清水は、傍に、つき添っていた。

パトカーがやって来て、頭や、肩をぬらして、刑事たちが、駅舎に入って来た。

鹿児島県警の刑事たちである。

清水は、肩書つきの名刺を渡し、事情を説明した。

「すると、被害者は、殺されるかも知れないと、覚悟していたわけですか？」

木下《きのした》という中年の刑事が、清水に、きいた。

「そうです」

「犯人は、同じ列車に乗っていたわけですね」

「そう思います。しかし、僕が、死体を発見するまでに、降りてしまっていたかも知れません」

「そうですね。犯人が、いつまでも、列車に残っている筈《はず》がありませんからね」

と、木下刑事は、いってから、

「それにしても、死体のあった個室寝台の4号室は、カギが、かかっていたんでしょう？」

「そうです」

「密室じゃないんですか？」

「そうですが、車掌の話では、内部の差し金を、真上にあげておいて、うまくドアを閉めると、カギが、かかった状態になるんだそうです。従って、犯人は、そうやって、逃げたのかも知れません」

「若くて、美人なのに、可哀《かわい》そうですね」

と、木下刑事は、死体に、眼をやった。

清水は、駅の電話を借りて、東京の十津川《とつがわ》警部に、連絡をした。

清水は、列車の中で起きた事件のことを説明した。

十津川は、

「君は、折角休暇をとったんだから、捜査は、鹿児島県警に委《まか》せて、枕崎に帰りたまえ」

と、いってくれた。

「その気になれません。どうしても、彼女の仇《かたき》をとってやりたいんです」

「君のせいで、殺されたわけじゃないだろう」

「そうなんですが、気がすみません。二年前のあの事件のことを調べて下さい」

「あの猟奇事件は、もう解決しているよ」

「しかし、彼女は、犯人は、別にいると、いったんです」

「それを、信じるのかね？」

「はい」

「なぜだ？」

「彼女が殺されたのが、その証拠だと思っています。犯人は、わざわざ、東京から、西鹿児島まで追って来て、列車の中で、彼女を殺したんです。口を封じたんです」

「うーん」

と、十津川は、しばらく考えていたが、

「彼女のいった人物を、見つけ出してみよう。金持ちで、有名人で、彼女が秘書をやっていた男だ」

と、いってくれた。

清水が、電話している間も、駅舎は、きしみ、窓ガラスが、不気味に、音を立てていた。

猛烈な勢いで、雨が落ちてくるかと思うと、風の音だけになったりする。風速は、三十メートルを越えているだろう。

はるみの死体の傍では、木下刑事が、彼女の所持品であるルイ・ヴィトンの旅行鞄《かばん》の中身を調べていた。

「なかなか、ぜいたくなものを、持っていますよ」

と、木下は、清水に、いった。

着がえの服《ドレス》の横に、宝石箱があって、中には、ルビーの指輪や、エメラルドのネックレスなどが入っていた。

「預金通帳の額は、二千万円を越えていますね。まるで、全財産を、持って、旅行していたみたいですね」

「きっと、それで、船を買うつもりだったんでしょう」

と、清水は、いった。

二年前の事件については、木下刑事には、いわなかった。

「高価なものは、いくらでもあるのに、身元を証明するようなものは、何もありませんね。運転免許証も、保険証もないですよ」

「それは、きっと犯人が、持ち去ったんだと思いますね」

と、清水は、いった。

新井はるみと、彼女は、いった。その名前も、偽名かも知れないが、彼女が話してくれたことは、事実だと、清水は、信じていた。もし、でたらめだったら、彼女は、殺されることもなかったろうからである。

急に、嵐が、止まった。

風も、雨も、ぴたりと止み、陽《ひ》が射してきた。台風11号の目に入ったのだ。

その間に、はるみの死体は、解剖のために、運ばれて行った。

三十分すると、再び、猛烈な嵐が、やってきた。

6

東京では、十津川が、亀井刑事と、二年前の事件の調書を、読み直していた。

犯人の片岡信《かたおかしん》、二十五歳は、無期懲役の判決で、すでに、刑務所に入っている。

「確か、この男は、覚醒剤の常用者だったね」

と、十津川は、亀井に、いった。

「そうです。自供したんですが、問題はありました。精神状態が、多少、おかしくなっていましたから、刑事の訊問《じんもん》に、向うから、迎合する時がありました」

「清水刑事の会った女が、犯人は、他にいるといっていたというんだ。その女が秘書をしていた男らしい。有名人で、政治家や、芸能人に顔がきく金持ちだそうだ」

「それだけでは、あいまいですね」

「この事件の捜査の過程で、それらしい人物が、浮んで来なかったかね？」

「とにかく、三百人近い人間を、調べましたから」

と、亀井は、いってから、しばらく考えていた。

「一人いたよ」

と、十津川がいうのと、亀井が、

「そういえば――」

と、いうのが、同時だった。二人とも、同じ人物を、思い出したのである。

「大沼安雄《おおぬまやすお》」

と、十津川が、いった。

「そうです。彼なら、ぴったり一致します」

「あの男がね」

十津川は、傲慢《ごうまん》な男の顔を思い出した。

大沼は、事件の時四十九歳だったから、今は、五十一歳になっている筈である。兄は、国務大臣を勤めたことのある政治家である。

大沼自身は、大沼興業というビルの管理を行う会社を経営していた。銀座や新宿などに、五十近いビルを所有し、資産は、数百億円といわれている。芸能人が好きで、有名な歌手や、タレントのスポンサーになってもいた。

彼が、容疑者の一人になったのは、殺人現場近くで、二度にわたり、彼のものと思われるジャガーが、目撃されたからである。

しかし、大沼を調べ始めると、猛烈な圧力が、かかってきた。それだけでなく、大沼のアリバイを証言する人間が、ぞろぞろ現れたのである。その中には、有名な歌手もいたりした。

結局、犯人が見つかって、事件は解決したのだが、大沼には、いくつかの不審な点があった。

四人の若い女が殺されたのだが、彼の白いジャガーが、その中の二人が殺された現場近くで、目撃されたことも、その一つだが、他にも、四十九歳の彼が、独身でいることも、不審の一つだった。

もちろん、独身を続けて、悪いことはないのだが、それに伴って、いろいろな噂《うわさ》が流れていたからである。

大沼は、いくらでも女はいるから、別に、結婚はしなくてもいいんだと、いっていた。事実、資産家で、独身の大沼に、女の方から近づくことが、よくあるらしい。ただ、その中の何人かに会ってみると、いずれも、大沼に、暴力を振われて、怖くなったと証言した。

銀座のクラブのホステスが、「大沼さんは、女好きだけど、いざとなると、役に立たない」と、喋《しゃべ》ったことがあった。そのホステスは、何者かに、半死半生の目にあわされ、ホステスをやめて、故郷《くに》へ帰ってしまった。

この他にも、大沼については、さまざまな噂があった。

銀座の高級クラブを、毎晩のように飲み歩くのだが、そのわりに、評判が良くないのである。理由は、威張り散らすことと、時々、暴力を振うことにあるらしい。

「あの大沼か」

と、十津川は、呟《つぶや》いた。

「再捜査となると、よほど用心深くやらないと、揚げ足をとられますよ」

「まず、新井はるみという秘書がいたかどうか、調べて来てくれ」

と、十津川は、亀井に、いった。

台風11号が、鹿児島に上陸したので、東京も、風が強くなっていた。

その風の中を、亀井は、若い西本《にしもと》刑事を連れて、出かけて行った。

三時間ほどして、亀井たちが、帰って来た。

「雨も降り出しましたよ」

と、亀井は、十津川に、いってから、

「確かに、新井はるみという秘書がいました。しかし、今日付けで、馘首《かくしゅ》していま す」

「ブルートレインの中で、殺されたからかね?」

「違いますね。殺されたことは、まだ、ニュースで、やっていませんよ」

「そうだな、すると、いなくなったので、すぐ、馘首か」

「彼女が、何をいっても、当方には、関係がないという意思表示じゃありませんか」

「なるほどね、社長の大沼は、ずっと、東京にいたのか？」

「いました。大沼も、兄にならって、政界へ出る気らしく、最近、政界の大物といわれる人間に、しきりに、会っています。昨夜も、九時から、保守党の長老のNと、新橋《しんばし》の料亭で、会っています。これは、確認しました。そのあと、『はやぶさ』を追いかけるのは、無理です。飛行機も、新幹線も、もう動いていませんから」

「すると、部下にやらせたかな？」

「大沼が犯人なら、部下がやったんだと思います」

「自分が、手を下してないのだとすると、犯人を逮捕して、大沼の指示だと証明するのは大変だな」

「私も、そう思います。ただ、今もいいましたように、大沼は、政界へ進出したがっています。そのため、小さなスキャンダルでも、怖がっています。臆病《おくびょう》になっています」

「そこが、つけ目か」

「そう思います。秘書だった新井はるみを殺したのも、そのせいだと思いますね」

7

台風11号は、九州を斜めに進んだあと、山口県をかすめて、日本海に、抜けた。

清水刑事は、空路が回復するのを見て、鹿児島から、東京へ戻って来た。

「枕崎へは、行かなかったのかね？」

と、十津川が、きいた。

「故郷《くに》へは、正月にでも行きます。それより、列車の中で殺された新井はるみの仇《かたき》をとりたいんです。彼女は、ひょっとすると殺されるかも知れないみたいに、いっていたんです。それなのに、守ってやれませんでした。だから、せめて、犯人を見つけてやりたいんです。例の男は、わかりましたか？」

清水は、眼を光らせて、いった。

「わかったよ。大沼興業の社長だ。新井はるみが、秘書をやっていたことも、わかったよ」

「あの男ですか」

「そうだ。君も、うちへ来て、最初に、あの事件に、ぶつかったんだったね」

「そうなんです。だから、よく覚えています。あの大沼のことだったんですか」

「二年前の事件のことで、大沼を逮捕するのは難しい。出来るとすれば、今度の殺人についてだな。ただし、大沼自身は、アリバイがある。部下にやらせたんだろう」

「そうですか」

「君は、新井はるみを殺した犯人は、見ていないんだろう？」

「彼女が殺された時には、不覚にも、寝ていたんです」

「死体の傍に、犯人の遺留品は、なかったのかね？」

と、今度は、亀井が、きいた。

「ありません」

「すると、犯人が、大沼の部下に違いないとしても、見つけるのが、大変だねえ」

「しかし、何とかして、犯人を見つけたいと思います」

「鹿児島県警から、殺された新井はるみについて、捜査を頼むという依頼が来ている。大沼興業に行って、大沼に会ってみるかね？」

と十津川が、亀井にいった。

亀井が、肯《うなず》くと、清水も、

「私も、同行させて下さい」

「しかし、君は、犯人を見ていないんだろう？」

「そうですが、どうしても、大沼の顔を見たいんです」

「妙な真似《まね》はしないだろうね？」

「大丈夫です」

と、清水は、いった。

十津川は、亀井と、清水をつれて、銀座にある大沼興業を、訪ねた。

銀座の一等地にある七階建のビルである。

大沼は、七階にある社長室にいた。その七階の窓から見える銀座の景色が、大沼の自慢だった。

「ブルートレイン『はやぶさ』の車中で、新井はるみさんが、何者かに殺されました。彼女のことで、お聞きしたいことがありましてね」

十津川が、いうと、大沼は、パイプをいじりながら、

「彼女は、解雇したんだ。もう、うちとは関係のない女でね」

「しかし、大沼さんの秘書を長くやっていたわけでしょう。それで、犯人に、心当たりはないかと思って、伺ったんです」

「何も知らんね。いろいろと、男関係の噂があった女だから、そっちの線じゃないかな」

「男関係ですか」

「そうだよ」

と、大沼が、肯《うなず》く。

その間にも、時々、電話が鳴り、人が出入りした。十津川の質問は、しばしば、中断された。大沼は、この忙しさが得意気だった。

「彼女は、なぜ、辞めたんですか？」

と、十津川が、きいた。

「辞めたんじゃなく、解雇したんだ」

「理由は、何ですか？」

「信用がおけなくなったからだよ。今もいったように、男関係が激しいし、嘘が多いんでね。辞めて貰ったんだ」

「今でも、ジャガーに、乗っておられるんですか？」

と、亀井が、きいた。

「ジャガー？」

「白いジャガーです。二年前に、自分で運転なさっていたでしょう。例の事件の頃です」

亀井がいうと、大沼は、急に、不快な顔になって、

「あの事件は、もう終ったんだ。それから、白いジャガーには、もう乗っていないよ。今は、ベンツだ」

「殺された新井はるみさんですが、友人の一人に、二年前のあの殺人事件の犯人は、うちの社長らしいと、いっていたそうですが、そのことを、どう思われますか？」

十津川は、思い切って、きいてみた。

案の定、大沼の顔が、ゆがんだ。

「だから、あの女は、嘘ばかりつくといったんだ」

「彼女のいったことは、嘘だと？」

「決ってるじゃないか。ごらんのように、忙しいので、もう失礼するよ」

と、大沼はいい、十津川たちを、追い出すように、立ち上った。

十津川たちは、社長室を出た。

エレベーターのところまで歩いてくると、いつの間にか、清水の姿が、消えてしまっていた。

「困った奴《やつ》だな」

と、十津川は、いった。

「まさか、大沼に、何かするということはないと思いますが」

と、亀井が、いっているところへ、清水が戻って来た。

三人で、エレベーターに、乗ってから、

「どこに行ってたんだ？」

咎《とが》めるように、十津川が、きいた。

「トイレです」

「しかし、トイレは、あの階の廊下の突き当りだろう。君は、右の方から出て来たぞ」

「間違えて、そっちへ行ってしまったんです」

「まあ、いい」

と、十津川はいった。

8

翌日、清水が、無断欠勤した。

「疲れているんだと思います。多分、家で、寝ているんだと思いますね」

と、亀井が、かばった。十津川は、笑って、

「今、彼のマンションに電話したが、留守だったよ」

「そうですか。けしからんな」

「カメさんは、本当に、知らないのかね？」

「知りません」

「きっと、新井はるみの犯人を、探しているんだろうが、なぜ、相談しないのかね?」

「彼は、新井はるみを死なせてしまったと、自責の念を強く持っていますから」

「困った奴だ」

と、十津川は、いった。

翌日も、朝は、姿を見せず、昼過ぎになって、やっと、出勤して来た。

疲れ切った顔をしている。どこかを歩き回ったらしく、靴が、汚れていた。

「申しわけありません」

と、清水は、十津川に、頭を下げた。

「どこへ行ってたんだ?」

「ある男の後をつけていました」

「誰だ?」

「名前は、広田功《ひろたいさお》です。年齢は三十歳です」

「何者なんだ?」

「一人で、私立探偵社をやっている男です。主に、大沼に頼まれて、動き回っています」

「それで?」

「実は、警部や、亀井刑事と一緒に、大沼興業へ行った時ですが、社長室を出たら、三十五、六歳の男と、すれ違ったんです。どこかで見た男だなと思って、その男の後をつけました。トイレへ行ったというのは嘘です。申しわけありません」

「その男が、私立探偵の広田功だったわけだね？」

「そうです。あの日、彼は、七階の経理課へ入って行ったので、大沼興業の社員かと思ったんですが、違ってました」

「昨日と、今日の午前中、広田の尾行をしていたのか？」

「そうです」

「なぜ、私に黙って、そんなことをしていたのかね？」

「どこで、あの男を見たのか、どうしても、思い出せなかったからです。もし、事件と何の関係もないことだったら、申しわけないと思ったんです」

「それで、どこで見たか、わかったのかね？」

十津川が、きくと、清水は、やっと、にっこり笑った。

「わかりました。やっと、思い出したんです。あいつを見たのは、ブルートレインの『はやぶさ』の中です」

「問題の日のか？」

「そうです」

「新井はるみと一緒にいるところを見たのかね？」

「いや、そうじゃありません」

「しかし、あの列車には、二百人以上の乗客が、いたんだろう。なぜ、その男のことだけ、覚えていたのかね？　そいつを逮捕できたとしても、そのことが問題になるかも知れないよ」

「彼女とは、『はやぶさ』のロビー・カーで、会ったんです。二人とも、終点の西鹿児島へ行くことがわかって、話がはずみました。しかし、最初のうちは、二年前の事件のことは、一言も、話しませんでした。何か、困っているなと思って、いろいろと、探りを入れてみたが、どうしても、話してくれませんでした。ところが、突然、彼女が、喋《しゃべ》り始めたんです。二年前の事件のこと、自分が秘書をやっていた社長が犯人だということ、怖くて、逃げ出したことなんかをです。私が、あっけにとられたくらい、彼女は、いっきに、喋ったんです。私は、なぜ、急に、彼女が、喋る気になったのだろうかと、考えました」

「それで、わかったのかね？」

「一つだけ、思い当ることが、ありました。その時、ロビー・カーには、私と彼女を含めて、五、六人の乗客がいたんです。そこへ、新しく、男の乗客が入って来て、隅に腰を下ろした。その直後に、彼女は、急に、喋り出したんですよ」

「その男が、私立探偵の広田か？」

「そうです。広田は、私立探偵といっても、大沼に、個人的に雇われている人間です。

当然、彼女は、広田を知っていたと思います。その広田が、同じ列車に乗り込んで来たので、彼女は、殺されるかも知れないと思い、私に、全てを話してくれたんだと思います」

「それなら、広田が、恐らく、新井はるみを殺したんだろうね」

「私も、そう思いますが、証拠が、ありません」

清水は、口惜しそうに、いった。

十津川は、「そうだな」と、小さく呟《つぶや》いてから、じっと、考えていたが、

「こっちも、少しばかり、悪どい手を使ってみるかね」

「逮捕して、脅しますか？」

「そんなことはしないさ。君は、広田の顔をよく知っているわけだろう？　二日間、尾行したんだから」

「彼の写真も手に入れました」

清水は、一枚の写真を、十津川に、見せた。

「写真は、必要ないよ」

「は？」

「列車の中で見た時の広田の服装も覚えているかね？」

「だいたいは、覚えています」

「よし。すぐ、広田のモンタージュを作ろう」

「そんなものを作らなくても、彼の写真が、ありますが」

「いや、写真じゃなくて、モンタージュが、必要なんだよ。そのモンタージュに、列車に乗っていた時の広田の服装や身長などを、書き加えてくれ」

と、十津川は、いった。

絵の上手な刑事が呼ばれ、清水が協力して、広田のモンタージュを作った。

それを、十津川が、どうする気なのか、清水にはわからなかった。

わかったのは、翌日になってからである。

問題の日の「はやぶさ」に同乗していた専務車掌が、「私は、個室寝台の4号室から出てくる犯人を見た」といい、その犯人のモンタージュが、発表されたのである。

これは、鹿児島県警から発表され、テレビ、新聞に、一斉に発表された。

その男の服装や身長なども、書かれていた。

「きっと、広田が、逃げ出すぞ」

と、十津川は、亀井や、清水たちに、いった。

十津川の考えは、的中した。

夜になって、広田が、逃げ出したのだ。それだけではない。

自宅マンションから逃げ出した広田を、ブルーのベンツが、はね飛ばそうとしたのだ。

十津川たちが、張り込んでいなければ、広田は殺されていたに違いない。

パトカーが突進して、そのベンツに、体当りをしたので、広田は、軽傷で、すんだ。

ベンツを運転していたのは、大沼だった。

十津川たちは、大沼と広田を、逮捕した。

大沼は、ただ、ベンツを運転していただけだと、主張したが、広田の方は、怯《おび》えて、全てを自供した。

自分が、大沼の命令で、新井はるみを追いかけ、「はやぶさ」の個室寝台で、車掌になりすまし、検札です……といって、ドアを開けさせ、殺したことだけではなかった。一度、喋《しゃべ》り出すと、とまらなくなる性格らしく、二年前の連続女性殺人事件の犯人は、大沼だということも、べらべら、喋った。

「社長は、病気ですよ。若い女を、次々に殺しても、平気なんてのは、病気ですよ。病気以外の何ものでもありませんよ。それは、わかってたんですが、金はくれるし、反対するのが怖くて、社長のいいなりになってたんですよ」

と、広田は、いった。

広田に、病気だといわれた大沼の方は、ただ、ぶぜんとした顔で、黙っていた。

解説——雄大な景色に誘われての捜査行

山前　譲
（推理小説研究家）

十津川警部の日本列島の旅、この『阿蘇・鹿児島殺意の車窓』は九州である。筑前・筑後・肥前・肥後・豊前・豊後・日向・大隅・薩摩の九国になったのは八世紀初めだった。かつては大陸からの文化がいち早く入ってきた地域であり、日向国の高千穂に伝わる天孫降臨の言い伝えもあるように、日本国家のルーツともなる地域である。気候も温暖で、観光客は多い。

十津川警部シリーズの九州を舞台にした作品でまず思い浮かぶのは、その日向国、現在の宮崎県を舞台にした『下り特急「富士」殺人事件』である。元十津川班の刑事で、刑務所から出所したばかりの橋本豊が、寝台特急「富士」で宮崎に向かう。その「富士」の車内、そして宮崎の日南海岸で事件が連続していた。かつては「富士」のような寝台特急が何本も、東京や関西から九州を目指していた。今はユニークな特急列車がいろいろ走り、九州新幹線も開通している。温泉も各地にあって、おかしな言い方だが、十津川警部の事件現場としてはじつに魅力的な地域だ。

巻頭の「阿蘇で死んだ刑事」（「小説すばる」一九九〇・七　集英社文庫『幻想と死

の信越本線』収録）は南阿蘇鉄道で起った爆発事件である。衝撃は激しく、レールバスの車体が脱線し、乗客の五名が死亡、二人が意識不明の重体という大惨事になった。ダイナマイトが仕掛けられていたのだが、いったい何故？　その被害者のなかに警視庁捜査一課の刑事がいた。彼は独りで迷宮入りの事件を追いかけていたというのだが……。

国鉄高森線が一九八六年に第三セクター化された南阿蘇鉄道は、その名の通り、阿蘇山の南側を走る、立野・高森間、十七・七キロの路線である。豊肥本線から枝分かれした形だが、かつては、高森駅から高千穂を経て宮崎県の延岡までと、九州を横断する路線の計画があった。だが、高千穂・延岡間は高千穂線として開通したものの、全線開通には至らなかったのである。可愛らしいトロッコ列車が運行され、阿蘇五岳や阿蘇外輪山などの大パノラマをのんびりと眺めることができる。ただ、二〇一六年四月の熊本地震の影響で、一部区間の運休が続いているのが残念だ。

高森線と結ばれるはずだった高千穂線は、『神話列車殺人事件』や「神話の国の殺人」で舞台となっている、西村作品でお馴染みの路線だ。やはりこちらも一九八九年に第三セクターの高千穂鉄道となり、日本一高い鉄道橋（水面からの高さは百五メートル！）の高千穂橋梁が観光名所となっていた。ところが、二〇〇五年九月、台風による甚大な被害を受け、全線廃止となってしまう。

「阿蘇で死んだ刑事」で高森へと駆けつけた十津川警部と亀井刑事は、どうして刑事が阿蘇に来たのか調べはじめる。東京と熊本を結んでの捜査は、いつもながら精力的だ。

つづく「阿蘇幻死行」(「オール讀物」一九九九・八　文春文庫『下田情死行』収録)では、十津川の妻の直子が九州を訪れている。友人の戸田恵と一緒に熊本に向かい、レンタカーを借りて、南阿蘇鉄道沿いの栃木温泉に泊まった。白川渓谷を望むひなびた温泉で、国の天然記念物「北向山原始林」が近く、雄大な鮎がえりの滝や白糸の滝が楽しめる。

直子と恵は、神経痛・婦人病・胃腸病・切り傷・リウマチに効果があるという温泉を堪能したあと、熊本のクラブで遊んだ。その帰り道、直子が運転していたレンタカーが何かをはねる。急停車して戻ってみるが、不思議なことに何もなかった。だが、翌日泊まった湯布院で新聞を見て、直子はびっくりする。車にはねられたらしい男性の死体が発見されていたのだ。窮地に陥った妻を助けようとする十津川の姿が頼もしい。

やはり阿蘇山周辺を舞台にした『阿蘇殺人ルート』で十津川は、不可解な事件に苦しんでいる。火の国で人が殺されると書かれた手紙が、警視庁捜査一課に届いた。そして、差出人と思われる男性が刺殺体として発見される。三日後、雄大な阿蘇の裾野を走る豊肥本線の急行「火の山4号」で殺人事件が起った。事件は終っていないという電報が警視庁に届くが、なんとその発信人は殺された男性だった。「復讐のスイッチバック」とともに、豊肥本線を生かした作品だ。

こうした事件の背景を彩る阿蘇山（正式には阿蘇五岳）は最も高い高岳で一五九二メートル、今も活発な活動をつづけるカルデラ火山である。火の国・熊本のシンボルであり、九州有数の観光地として賑わっている。それだけに西村氏もとりわけ注目してきた。

その阿蘇で九州を南北に分けると、北には福岡県、大分県、長崎県、佐賀県がある。福岡県には大都市の福岡市や北九州市があり、経済活動が活発だ。しかし意外にもそこをメインとした作品は、『門司・下関　逃亡海峡』などがあるものの、十津川警部シリーズでは少ない。

別府温泉や湯布院温泉が有名な大分県を舞台にした作品には、私立探偵となった橋本が失踪人調査で向かった『特急ゆふいんの森殺人事件』、十津川夫妻が友人のアメリカ人のために奔走する『由布院心中事件』、西本刑事がレイプ犯として告訴されてしまう『別府・国東　殺意の旅』などのほか、短編「特急『にちりん』の殺意」がある。

唐津・伊万里・有田といった陶磁器の産地が有名な佐賀県はトリッキィな『寝台特

急あかつき殺人事件』があり、異国情緒漂う長崎県は『長崎駅殺人事件』、『新・寝台列車殺人事件』、『雲仙・長崎殺意の旅』、『十津川警部「告発」』で舞台となっていた。目を阿蘇山の南に転じると、なんといってもよく舞台となってきたのは鹿児島県だ。本書にも三作が収録されている。「小さな駅の大きな事件」(「小説現代」一九八七・六　講談社文庫『寝台特急六分間の殺意』収録)では、鹿児島の小さな駅で男が射殺されている。被害者は休暇中の警視庁捜査一課の刑事だった。すぐに鹿児島へと飛ぶ十津川警部と亀井刑事である。

事件現場となった開聞岳を望む西大山駅は、一九六〇年三月、国鉄指宿線(のちに指宿枕崎線)の駅として開業している。北緯三十一度十一分に位置し、日本最南端の駅として有名になった。なんの変哲もない無人駅だが、写真撮影のために数分間停車したりと、サービスも行き届いている。

もっとも、二〇〇三年に沖縄都市モノレール線が開業したので、現在は「JR日本最南端の駅」とされている。最南端の駅は沖縄都市モノレール線の赤嶺駅で、北緯二十六度十一分に位置する。ちなみに、日本最北端は稚内駅、最東端は東根室駅だ。最西端は、長らく長崎県のたびら平戸口駅だったが、やはり沖縄都市モノレール線の開業によって那覇空港駅となった。

当時最南端の小さな駅で、東京から来た五十二歳の刑事がなぜ殺されたのか。十津川と亀井はいったん東京に戻ったが、やはり気になってしまう。警視庁管内で次々と起る事件の捜査の合間を縫って、鹿児島の事件について調べる十津川だ。

「ある刑事の旅」（「小説宝石」一九九〇・十一　光文社文庫『十津川警部の逆襲』収録）も警視庁捜査一課の刑事が関係した事件である。配属されたばかりの若林刑事のもとに、長らく行方知れずだった父親が死んだという連絡が、鹿児島の病院からあった。すぐに向かった病院で会った、父親と一緒に住んでいたという女性によれば、父親はサラ金に一千万円の借金があったらしい……。殺人事件に巻き込まれた部下のため、急いで鹿児島へと飛ぶ十津川警部である。

再び鉄道が関係する「西の終着駅の殺人」（「週刊小説」一九八六・五・二　双葉文庫『EF63形機関車の証言』収録）にも警視庁の刑事が登場する。捜査一課の清水だ。南九州の枕崎の出身の彼が、休暇をとり、東京駅からブルートレインの「はやぶさ」に乗って帰省する。その「はやぶさ」で知り合ったのが、やはり鹿児島へ行くというはるみだった。彼女は奇妙なことを言う。この列車が無事に鹿児島に着いたら、私は助かる――。

一九五六年に東京・博多間で運転を開始した「あさかぜ」が、日本初のブルートレインである。以後、東京や大阪、あるいは京都からと、九州方面への寝台特急がいろいろな形で運行されていく。東京から鹿児島へと向かい、かつては日本最長距離列車だった「富士」(のち宮崎までに)、長崎行きの「さくら」、長崎行きと熊本行きを連結した「みずほ」、そして関西からは「あかつき」、「なは」、「彗星」、「明星」などが九州へと疾走していた。

「はやぶさ」は、一九五八年十月一日に東海道本線・山陽本線・鹿児島本線での運行が開始された。「薩摩隼人」から「はやぶさ」になったとも言われている。日本最長距離特急だった時期もあり、長く愛されたが、一九九七年十一月、東京・熊本間に短縮されている。そして二〇〇八年、ついに廃止となった。その列車名は東北新幹線に受け継がれている。

そんな寝台特急を利用して九州へ向かった人はどのくらいの数になるだろう。時代の流れのなかで、しだいに新幹線や飛行機に乗客を奪われ、寝台特急は次々と消えていったが、夜行列車が誘う旅心は捨てがたい。

清水刑事が乗った「はやぶさ」がまもなく終着駅の西鹿児島駅に着こうかというとき、台風の影響で架線が切れ、停車してしまう。そして、列車内で他殺体が発見されるのだった。清水は、十津川や亀井の協力を得て、事件を解決していくのだった。

鹿児島本線の終点は鹿児島駅なのだが、なぜか全ての特急列車のほか多くの列車が西鹿児島駅を発着駅としてきた。混乱する人もいたのだろう。二〇〇四年、九州新幹線の乗入れとともに、鹿児島中央駅に改名された。『西鹿児島駅殺人事件』ではまだ国鉄時代の西鹿児島駅が舞台となっている。『九州新特急「つばめ」殺人事件』にはJR九州になってからの博多駅と西鹿児島駅を結ぶ新しい特急が登場している。『九州新幹線「つばめ」誘拐事件』は駅名が変ってからの事件だった。また、『九州新幹線　マイナス1』は九州新幹線が全線開通した直後の事件である。

有明海で画家の水死体が発見される『特急「有明」殺人事件』や、桜島行フェリーで殺人事件が発生する『南九州殺人迷路』など、複数の県をまたがっての事件が多いのも、九州を舞台とする十津川警部シリーズの特徴だろう。それだけ観光スポットが多彩だと言える。十津川警部の九州での活躍を、いっそう期待しても裏切られることはないだろう。

本書収録の作品はフィクションであり、実在の個人および団体とは一切関係ありません。また、現在と違う名称や事実関係が出てきますが、小説作品として発表された当時のままの表記、表現にしてあります。（編集部）

二〇〇七年三月　ジョイ・ノベルス（有楽出版社）刊
二〇〇八年三月　双葉文庫刊
（「十津川警部捜査行　阿蘇・やまなみ殺意の車窓」より改題）

実業之日本社文庫　好評既刊

西村京太郎
十津川警部　赤と白のメロディ

闇献金疑惑で首相逮捕か!?　「君は飯島町を知っているか」というパソコンに現れた謎のメッセージを追って、十津川警部が伊那路を走る！（解説・郷原 宏）

に16

西村京太郎
帰らざる街、小樽よ

小樽の新聞社の東京支社長、そして下町の飲み屋の女が殺された二つの事件の背後に男の影が——十津川警部は手がかりを求め小樽へ！（解説・細谷正充）

に17

西村京太郎
十津川警部　西武新宿線の死角

高田馬場駅で女性刺殺、北陸本線で特急サンダーバード脱線。西本刑事の友人が犯人と目されるが……十津川警部、渾身の捜査！（解説・香山二三郎）

に18

西村京太郎
十津川警部捜査行　東海道殺人エクスプレス

運河の見える駅で彼女は何を見たのか——十津川警部が悲劇の恨みを晴らす！　東海道をめぐる5つの殺人事件簿。傑作短編集。（解説・山前 譲）

に19

西村京太郎
十津川警部　わが屍に旗を立てよ

喫茶店「風林火山」で殺されていた女と「風が殺した」の文字の謎。武田信玄と事件の関わりは？　傑作トラベルミステリー！（解説・小梛治宣）

に110

実業之日本社文庫　好評既刊

実業之日本社文庫 に 1 17

十《と》津《つ》川《がわ》警《けい》部《ぶ》捜《そう》査《さ》行《こう》　阿《あ》蘇《そ》・鹿《か》児《ご》島《しま》殺《さつ》意《い》の車《しゃ》窓《そう》

2018年4月15日　初版第1刷発行

著　者　西村《にしむら》京《きょう》太《た》郎《ろう》

発行者　岩野裕一
発行所　株式会社実業之日本社
〒153-0044　東京都目黒区大橋 1-5-1
クロスエアタワー 8 階
電話 [編集]03(6809)0473 [販売]03(6809)0495
ホームページ　http://www.j-n.co.jp/
印刷所　大日本印刷株式会社
製本所　大日本印刷株式会社

フォーマットデザイン　鈴木正道（Suzuki Design）

ISBN978-4-408-55415-0（第二文芸）